취업기초 漢字

기초가 튼튼한 나무는
바람에 흔들리지 않는다

취업기초

기초가 튼튼한 나무는
바람에 흔들리지 않는다

최예열 지음

기초가 튼튼한 나무는
바람에 흔들리지 않는다!!!

요즘에 다시 한자의 중요성이 대두되고 있다. 신입사원 채용 시 한자능력을 검증하는 대기업도 갈수록 늘어나고 있는 실정 이다. 또한 장기적인 경기 불황으로 인한 심각한 대졸 취업난은 대졸자들을 무한경쟁의 장으로 내몰아서 취업을 위한 철저한 준비를 하지 않으면 안 되는 상황까지 이르렀다. 영어 토익을 비롯하여 대학 졸업 전에 갖추어야 할 각종 스펙의 종류가 너무 많은 편이다. 그러다 보니 스펙 준비에 대한 시간 투자도 만만 치 않은 형편이다.

이 책은 한자에 대한 기본적 개념 이해를 돕고 더 나아가 분 야별 핵심 요지와 흥미로운 상식들을 정리함으로써 지루함 없 이 자연스럽게 학습할 수 있는 단계별 방식을 취하고 있다. 다 양하고 구체적인 예시 및 활용 예제 등을 상세하게 제시하고 있 기 때문에 어떤 분야의 어떤 한자 문제를 접하더라도 효율적으 로 대처하고 해결할 수 있도록 하였다. 한편 늘 들고 다니면서 도 쉽게 익힐 수 있도록 책 판형을 포켓판으로 하였다. 별도의 수험준비 시간과 공간을 만들지 않아도 학습할 수 있도록 한 것이다. 책 크기를 포켓형으로 한 것은 지하철이나 버스에서도 쉽게 볼 수 있도록 고려한 것이다.

각 기업체 기출문제, 공무원시험에 출제된 기출문제 등을 철저하게 분석하여 자주 출제되는 중요 이론만을 엄선하였다. 자주 출제되는 중요 이론과 함께 기출·예상문제를 접해봄으로써 단기간에 높은 효율을 기대할 수 있도록 하였다. 단기간에 한자 학습의 기초를 익힐 수 있도록 최대한 쉬운 것부터 정리하였다.

이 책은 전체가 8장으로 구성되었다. 한자를 처음 접하는 학생도 차근차근 이 책대로 따라 하다 보면 자연스럽게 한자의 기초를 익힐 수 있는 기초 한자와 읽기 쓰기에서 자주 헷갈리는 한자를 일목요연하게 정리하였다. 그 다음에 상대어와 반의어, 모양과 음이 비슷한 한자를 알아보기 좋게 정리하였으며, 부수가 헷갈리는 한자를 가다듬었다.

그리고 어느 정도 기초가 있는 취업준비생들을 위해 선현들의 글을 통하여 교훈과 사상을 엿볼 수 있도록 유명한 글을 뽑아 실었다. 늘 시험에 빠지지 않고 출제되는 사자성어와 원문을 통해서 배울 수 있는 사자성어와 비슷한 뜻을 가진 사자성어를 정리하였다.

끝으로 생활 속의 한자 즉, 경조사 봉투서식을 비롯하여 12지지 시간과 24절기, 나이와 호칭 등의 생활 속의 한자를 익히기 쉽게 정리하여 수험서뿐만 아니라 생활한자 지침서로서의 역할을 다할 수 있게 하였다.

모쪼록 이 책을 통하여 한자의 기초를 잘 준비하고, 이를 바탕으로 해서 더 높은 곳으로 비상할 수 있기를 바라는 마음 간절하다. 여러분들의 쉼 없는 건투와 함께 좋은 결과만을 기대한다.

2012년 새해를 맞이하며

최예열

목차

1장

就業漢字의 基礎

就業漢字의 基礎 1장

1. 漢字의 構成要素

1) 漢字의 三要素 : 形(모양), 音(소리), 訓(뜻)

　한자는 표의문자로서 '모양[形]·소리[音]·뜻[訓]'의 3요소를
갖추고 있다.

形(모양)	音(소리)	訓(뜻)
日	일	해·날
上	상	위·높음
天	천	하늘
明	명	밝음
意	의	뜻·생각

2) 漢字의 六書

　(1) 象形文字 : 구체적인 사물의 모양을 본떠서 만든 글자

　　(例) 目 老 日 月 雨

(2) 指事文字 : 추상적인 뜻을 점이나 선으로 표시한 글자

(例) 一   四   上   下

(3) 會意文字 : 두 글자의 뜻을 합쳐 만든 글자(A+B=C)

① 동체회의(同體會意) : 같은 글자로 이루어진 한자

木+木 → 林(수풀 림)
火+火 → 炎(불꽃 염)
月+月 → 朋(벗 붕)
木+木+木 → 森(나무 빽빽할 삼)
女+女+女 → 姦(간사할 간)
日+日+日 → 晶(밝을 정)
龍+龍+龍+龍 → 龘龘(말 많을 절)

② 이체회의(異體會意) : 서로 다른 글자로 이루어진 한자

人 +木 → 休(쉴 휴)   人 +효 → 位(자리 위)
日 +月 → 明(밝을 명)   口 +鳥 → 鳴(울 명)
門 +日 → 間(사이 간)   田 +力 → 男(사내 남)

③ 변체회의(變體會意) : 구성요소의 획이 줄거나 변하여 모인 한자

老 +子 → 孝(효도할 효)

④ 겸성회의(兼聲會意) : 구성요소 중의 하나가 뜻과 음을 가지고 있는 한자

人 +士 → 仕(벼슬 사)

⑷ 형성문자(形聲文字) : 뜻 부분과 음 부분 글자를 결합하여
  만든 글자(A+B=AB)

① 같은 형부로 이루어진 글자

  木 + 才 → 材(재목 재)

② 같은 성부로 이루어진 글자

  工 + 水(뜻) → 江(물 강)   山 + 人(뜻) → 仙(신선 선)

③ 좌형우성(左形右聲) : 왼쪽이 뜻을, 오른쪽이 소리를 나타낸다.

  水(뜻) + 州(소리) → 洲(섬 주)
  水(뜻) + 靑(소리) → 淸(맑을 청)
  人(뜻) + 需(소리) → 儒(선비 유)
  言(뜻) + 丁(소리) → 訂(바로잡을 정)
  走(뜻) + 己(소리) → 起(일어날 기)

④ 우형좌성(右形左聲) : 오른쪽이 뜻을, 왼쪽이 소리를 나타낸다.

  未(소리) + 口(뜻) → 味(맛 미)
  人(소리) + 言(뜻) → 信(믿을 신)
  九(소리) + 鳥(뜻) → 鳩(비둘기 구)

⑤ 상형하성(上形下聲) : 위쪽이 뜻을, 아래쪽이 소리를 나타낸다.

  子(뜻) + 皿(소리) → 孟(맏 맹)
  雨(뜻) + 相(소리) → 霜(서리 상)

⑥ 상성하형(上聲下形) : 위쪽이 소리를, 아래쪽이 뜻을 나타낸다.

其(소리) + 土(뜻) → 基(터 기)
相(소리) + 心(뜻) → 想(생각할 상)
奴(소리) + 力(뜻) → 努(힘쓸 노)

⑦ 외형내성(外形內聲) : 바깥쪽이 뜻을, 안쪽이 소리를 나타낸다.

口(뜻) + 韋(소리) → 圍(에워쌀 위)
口(뜻) + 古(소리) → 固(굳을 고)
口(뜻) + 令(소리) → 囹(감옥 령)
广(뜻) + 丙(소리) → 病(질병 병)

⑧ 외성내형(外聲內形) : 바깥쪽이 소리를, 안쪽이 뜻을 나타낸다.

門(소리) + 耳(뜻) → 聞(들을 문)
門(소리) + 口(뜻) → 問(물을 문)

(5) 轉注文字

① 뜻만 바뀌는 경우

注 [물댈 주] 注는 물을 댄다는 뜻이 본래의 뜻이었는데 주목한다는 뜻으로 전의되어 注目, 注視와 같이 쓰인다. 또다시 전의되어 注解, 注釋과 같이 자세히 푼다는 뜻으로 쓰인다.

天 [하늘 천] 天은 본시 하늘이라는 뜻이었는데 전의되어 자연이라는 뜻으로 쓰인다. 天然의 天이 그 예이다. 그런데 이 문자는 또다시 出生, 發生의 뜻으로 유추되어 先天, 後天이

그 예이다.

沈 [잠길 침] 沈은 본시 물속에 잠긴다는 뜻이었는데 마음이
가라앉는다는 뜻으로 전용된다. 沈着이 그 예이다.

革 [가죽 혁] 革은 본시 가죽이라는 뜻이었는데 짐승 가죽의
털을 제거하면 훌륭한 毛皮로 변한다는 의미에서 변화한
다는 뜻으로 전용되었다. 改革, 革命, 革新 등이 그 예이다.

② 뜻과 음이 함께 바뀌는 경우

度 [법 도] 法의 본뜻은 법. 혹은 자(尺)로서 음은 '도'이다. 자
(尺)로 헤아리기 때문에 헤아린다는 뜻으로 전용되기도 하
는데 이때의 음은 '탁'이다.

說 [말씀 설] 說의 본뜻은 말씀이다. 말씀으로써 다른 사람을
달랜다는 뜻으로 쓰인다. 이때의 음은 '세'인데 遊說가 그
예이다.

樂 [풍류 악] 樂의 본뜻이 '풍류'로 음은 '악'이다. 음악을 듣는
것은 즐거운 일이기 때문에 즐긴다는 뜻으로도 쓰이는데 이
때의 음은 '락'이다. 또한 즐거운 것은 누구나 좋아하기 때
문에 좋아한다는 뜻으로도 쓰인다. 이때의 이름은 '요'이다.

惡 [악할 악] 惡은 본시 악하다는 뜻으로 음이 '악'이었는데
악한 것은 모두 미워하는 것이기 때문에 미워한다는 뜻으
로 쓰이기도 한다. 이때의 음은 '오'이다. 憎惡, 惡寒이 그
예이다.

(6) 가차문자(假借文字): '가짜로 빌려 쓰다'라는 뜻

① 부다(BUDDA) → 불타(佛陀)
② 예수(JESUS) → 야소(耶蘇)
③ 달러(DOLLAR) → 불(弗)
④ 아시아(ASIA) → 아세아(亞細亞)
⑤ 인디아(INDIA) → 인도(印度)
⑥ 프랑스(FRANCE) → 법랑서(法朗西) → 법국(法國) → 불란서(佛蘭西)
⑦ 도이칠란트(DOUTCHILAND) → 덕국(德國) → 독일(獨逸)
⑧ 잉글랜드(ENGLAND) → 영격란국(英格蘭國) → 영길리(英吉利)
   → 영국(英國)

2. 漢字學習의 基礎

1) 玉篇 찾는 要領

모든 언어 학습의 기본은 글자를 익히는 것이다. 한자 공부 역시 그 기초는 한자를 아는 것이다. 그러므로 찾는 방법을 배우는 것은 한자 공부의 필수라 할 수 있다. 옥편에서 한자를 찾는 방법에는 部首, 字音, 總劃 찾기의 3가지가 있다.

① 부수 색인 이용 : 부수를 알고 있을 때 찾는 방법으로 한자를 찾는 가장 기본적인 원칙이다. 다음 제시된 한자를 부수로 찾아보자.

個, 語, 跡, 道

㉠ 찾고자 하는 한자의 부수와 그 부수를 제외한 획수를 확인한다.

㉡ 부수의 획수를 세어 해당 부수를 찾는다.

㉢ 해당 부수에 적힌 쪽을 찾아간다.

㉣ 부수를 제외한 획수 부분에서 찾고자 하는 글자를 찾는다.

② 자음 색인 이용 : 한자의 음을 알 때 편리한 방법이다. 다음 한자를 자음으로 찾아보자.

大, 學, 專, 校

㉠ 자음 색인표에서 찾고자 하는 한자를 찾는다.

㉡ 해당 한자에 적힌 쪽을 찾아가 음과 뜻을 확인한다.

③ 총획 색인 이용 : 한자의 음과 부수를 모두 모를 때 사용하는 방법이다. 다음 한자를 총획으로 찾아보자.

業,　滿,　答,　線,　慶

㉠ 찾고자 하는 한자의 총획수를 센다.

㉡ 총획 색인에서 해당되는 획수에 나열된 한자를 찾아본다.

㉢ 해당 한자에 적힌 쪽을 찾아가 음과 뜻을 확인한다.

2) 漢字의 部首

(1) 부수란 무엇인가?

부수는 옥편이나 자전에서 한자를 찾는 데 필요한 기본이 되는 글자로 한글의 자모음, 영어의 알파벳에 해당된다. 많은 한자를 체계적으로 분류하기 위해서는 기준이 필요하다. 이 분류를 위해 만들어진 기준이 바로 부수이며, 이에 의해 의미상 같은 계통의 여러 글자가 묶여지게 되고 부수가 대부분 글자의 뜻에 직접적인 영향을 주기도 한다. 예를 들어 '水'가 부수인 글자는 물과 관계가 있고, '手'가 부수인 한자는 손과 관계있는 많고, '艸'가 부수인 글자는 풀이나 꽃의 이름과 관계된 글자가 대부분이다.

江(물 강)	池(연못 지)	沃(기름질 옥)
拘(잡을 구)	抱(안을 포)	持(가질 지)
花(꽃 화)	茂(우거질 무)	華(빛날 화)

(2) 부수의 분류

① 변(邊) : 부수가 글자의 왼쪽에 있는 경우

扶(도울 부 : 재방 手변)
作(지을 작 : 사람 인 人변)
轉(구를 전 : 수레 거 車변)

② 방(傍) : 부수가 글자의 오른쪽에 있는 경우

放(놓을 방 : 둥글월 문 攵방)
判(쪼갤 판 : 칼 도 刀방)
雜(섞일 잡 : 새 추 隹방)

③ 머리 : 부수가 글자의 위에 있는 경우

安(편안할 안 : 갓 면 宀머리)
答(대답할 답 : 대나무 죽 竹머리)
花(꽃 화 : 풀 초 艸머리)

④ 발 : 부수가 글자의 아래에 있는 경우

盛(성할 성 : 그릇 명 皿발)
愁(시름 수 : 마음 심 心발)
然(그러할 연 : 불 화 火발)

⑤ 받침 : 부수가 왼쪽과 아래에 걸쳐 있는 경우

延(끌 연 : 민책받침 廴)
進(나아갈 진 : 책받침 辵)
起(일어날 기 : 달아날 주 走받침)

⑥ 엄 : 부수가 위쪽과 왼쪽에 걸쳐 있는 경우

廣(넓을 광 : 엄호 广)
病(앓을 병 : 병질엄 疒)
虎(범 호 : 범호엄 虍)

⑦ 몸 : 부수가 글자를 둘러싸고 있는 경우

國(나라 국 : 큰입구 囗몸)
因(까닭 인 : 큰입구 囗몸)

⑧ 제부수 : 부수 자체가 글자인 경우

나무 목 木, 쇠 금 金, 용 룡 龍
검을 흑 黑, 얼굴 면 面, 높을 고 高

(3) 漢字 部首의 變形

部首	部首 名稱	변형된 部首	用例
人	사람 인	亻	代, 仕
刀	칼 도	刂	刺, 劍
卩	병부 절	㔾	危, 卷
尢	절름발이 왕	兀, 尣	尤, 就
川	내 천, 개미허리	巛	巡, 州
彐	돼지머리 계, 튼가로왈	彑	彙, 彝
心	마음 심	忄	情, 性
手	손 수	扌	指, 把
攴	둥글월 문, 칠 복	攵	敎, 政
无	없을 무, 이미기 방	旡	旣

水	물 수	氵	淸, 泰
火	불 화	灬	熱, 烈
爪	손톱 조	爫	爭, 爲
犬	개 견	犭	犯, 狂
玉	구슬 옥	王	珍, 珠
示	보일 시	礻	視, 祥
网	그물 망	罔, 罒	罰, 罕
老	늙을 로	耂	考, 者
肉	고기 육	月	肝, 股
艸	풀 초	艹, 䒑	草, 花
衣	옷 의	衤	被, 衿
襾	덮을 아	西, 覀	要, 覆
辵	책받침(쉬엄쉬엄갈 착)	辶	送, 迎
邑	고을 읍	阝(右)	邦, 郡
阜	언덕 부	阝(左)	陵, 陰

3) 筆順의 基本原理

① 한자의 기본 필법은 항상 위에서 아래로 쓴다.

三, 工, 言, 客, 壹, 年

② 왼쪽에서 오른쪽으로 쓴다.

川, 州, 側, 外, 仁, 江, 修

③ 가로획과 세로획이 교차될 때, 가로획을 먼저 쓴다.

十, 春, 支, 世, 士
例外: 田, 曲, 馬, 再

④ 左(좌) 右(우) 대칭일 때, 가운데, 좌우 순으로 먼저 쓴다.

小, 水, 樂, 山, 承, 赤

⑤ 몸과 안쪽이 있을 때, 몸 쪽을 먼저 쓴다.

內, 因, 同, 司, 國, 風, 問

⑥ 좌우 삐침과 파임이 교차할 때, 왼쪽 삐침을 먼저 쓴다.

人, 父, 合, 文, 金

⑦ 상하로 꿰뚫는 세로획은 나중에 쓴다.

車, 中, 手, 事, 申

⑧ 책받침류는 나중에 쓴다.

建, 道, 直, 近
例外: 起, 題, 勉

⑨ 오른쪽 위의 점은 맨 나중에 쓴다.

成, 犬, 代

3. 漢字의 짜임 原理

1) 병렬관계(竝列關係)

같은 품사를 가진 한자끼리 연이어 결합된 한자어를 병렬 관계라고 하는데 글자의 의미 관계에 따라 여섯 종류로 나뉜다.

(1) 유사관계(類似關係) : 뜻이 같거나 비슷한 한자끼리 연이어 결합된 한자어

① 명사+명사

家屋(가옥) : 집   群衆(군중) : 무리
星辰(성신) : 별   土地(토지) : 땅
海洋(해양) : 바다   繪畵(회화) : 그림

② 동사+동사

到達(도달) : 다다름   變革(변혁) : 바꿈
援助(원조) : 도움   引導(인도) : 이끎
販賣(판매) : 팖   希望(희망) : 바람

③ 형용사+형용사

巨大(거대) : 큼   明朗(명랑) : 밝음
美麗(미려) : 아름다움   溫暖(온난) : 따뜻함
淸淨(청정) : 맑음   寒冷(한랭) : 참

(2) 대립관계(對立關係) : 뜻이 서로 반대 또는 상대되는 한자
　　끼리 연이어 결합된 한자어

① 명사+명사

賞罰(상벌) : 상과 벌　　　　上下(상하) : 위와 아래
善惡(선악) : 선과 악　　　　因果(인과) : 원인과 결과
陰陽(음양) : 음과 양　　　　天地(천지) : 하늘과 땅

② 동사+동사

加減(가감) : 더함과 뺌　　　開閉(개폐) : 엶과 닫음
勝敗(승패) : 이김과 짐　　　往來(왕래) : 감과 옴
贊反(찬반) : 찬성과 반대　　出入(출입) : 나감과 들어옴

③ 형용사+형용사

强弱(강약) : 강함과 약함　　高低(고저) : 높음과 낮음
多少(다소) : 많음과 적음　　深淺(심천) : 깊음과 얕음
愚劣(우열) : 나음과 못함　　黑白(흑백) : 검음과 흼

(3) 대등관계(對等關係) : 뜻이 서로 대등한 한자끼리 연이어
　　결합된 한자어

父母(부모) : 아버지와 어머니
松柏(송백) : 소나무와 잣나무
仁義(인의) : 인과 의
忠孝(충효) : 충성과 효도
眞善美(진선미) : 참과 착함과 아름다움
紙筆硯墨(지필연묵) : 종이와 붓과 벼루와 먹

(4) 첩어관계(疊語關係) : 똑같은 글자가 겹쳐 이루어진 한자어
(=동자병렬(同字竝列))

代代(대대) : 대대로
年年(연년) : 해마다
正正堂堂(정정당당) : 바르고 떳떳함

(5) 융합관계(融合關係) : 한자의 뜻이 융합되어 쪼갤 수 없는 관계

光陰(광음) : 세월
琴瑟(금실) : 부부 사이의 화락
春秋(춘추) : 나이

(6) 일방관계(一方關係) : 한자가 병렬되었으나 한쪽의 뜻만
나타내는 말

國家(국가) : 나라(國의 뜻만 작용)
多少(다소) : 조금(少의 뜻만 작용)
緩急(완급) : 위급함(急의 뜻만 작용)

2) 수식관계(修飾關係) 〔□+□〕

꾸미는 말과 꾸밈을 받는 말로 결합된 한자어의 짜임을 말한다.

(1) 관형어(冠形語)+체언(體言)

家事(가사) : 집안의 일   城門(성문) : 성의 문
吉夢(길몽) : 좋은 꿈   明月(명월) : 밝은 달
外貨(외화) : 외국의 돈   流水(유수) : 흐르는 물

(2) 부사어(副詞語)+용언(用言)

廣告(광고) : 널리 알림　　徐行(서행) : 천천히 감
雲集(운집) : 구름처럼 모임　疾走(질주) : 빨리 달림
力行(역행) : 힘써 행함　　必勝(필승) : 반드시 이김

3) 주술관계(主述關係) 〔□ ‖ □〕

주어와 서술어의 관계로 결합된 한자어의 짜임을 말한다. 주어는 행위의 주체가 되고 서술어는 행위, 동작, 상태 등을 나타낸다. 문장의 조건을 갖추었으면서도 한자어 역할을 한다.

國立(국립) : 나라에서 세움　夜深(야심) : 밤이 깊음
人造(인조) : 사람이 만듦　　日出(일출) : 해가 뜸
年少(연소) : 나이가 어림　　品貴(품귀) : 물건이 귀함

4) 술목관계(述目關係) 〔□ ｜ □〕

서술어와 목적어의 관계로 결합된 한자어의 짜임을 말한다. 이때의 서술어는 행위나 동작을 나타내고 목적어는 그 대상이 된다.

交友(교우) : 벗을 사귐　　讀書(독서) : 책을 읽음
修身(수신) : 몸을 닦음　　愛國(애국) : 나라를 사랑함
成功(성공) : 공을 이룸　　作文(작문) : 글을 지음

5) 술보관계(述補關係)

서술어와 보어의 관계로 결합된 한자어의 짜임을 술보관계라
한다. 서술어는 행위나 동작을 나타내고 보어는 서술어를 도와
부족한 뜻을 완전하게 해준다.

歸家(귀가) : 집에 돌아감　　登山(등산) : 산에 오름
多情(다정) : 정이 많음　　　有名(유명) : 명성이 있음
如前(여전) : 전과 같음　　　非凡(비범) : 보통이 아님

* 한자어의 풀이 순서
'병렬', '수식', '주술' 관계는 우리말 어순(語順)과 같고, '술
목', '술보' 관계는 우리말 어순과 반대이다.

2장

漢字의 읽기와 쓰기

漢字의 읽기와 쓰기 2장

1. 잘못 읽기 쉬운 漢字

1) 독음이 헷갈리는 한자

한자	바르게 읽기	잘못 읽는 독음
佳句	아름다울 가, 글귀 구	가귀
苛斂	가혹할 가, 거둘 렴	가검
角逐	뿔 각, 쫓을 축	각추
看做	볼 간, 지을 주	간고
間歇	사이 간, 쉴 헐	간흘
柑子	귤 감, 아들 자	감서
腔血	속 빌 강, 피 혈	공혈
改悛	고칠 개, 고칠 전	개준
坑道	구덩이 갱, 길 도	항도
更生	다시 갱, 날 생	경생
車馬	수레 거, 말 마	차마
譴責	꾸짖을 견, 꾸짖을 책	유책
更迭	고칠 경, 번갈아들 질	경송
膏肓	기름 고, 명치끝 황	고맹
恐嚇	두려울 공, 웃음 하	공혁
乖離	어그러질 괴, 떠날 리	승리
敎唆	가르칠 교, 부추길 사	교준
交驩	사귈 교, 기뻐할 환	교관
拘礙	잡을 구, 거리낄 애	구득

한자	바르게 읽기	잘못 읽는 독음
救恤	구원할 구, 불쌍할 휼	구혈
龜鑑	거북 귀, 거울 감	구열
旗幟	기 기, 기 치	기식
懦弱	나약할 나, 약할 약	유약
懶怠	게으를 나, 게으를 태	뢰태
烙印	지질 낙, 도장 인	각인
拉致	끌 납, 이를 치	입치
鹿皮	사슴 녹, 가죽 비	녹피
壟斷	밭두둑 농, 끊을 단	용단
漏泄	샐 누, 샐 설	누세
凜凜	찰 늠, 찰 름	품품
茶菓	차 다, 과자 과	차과
簞食	소쿠리 단, 먹이 사	단식
遝至	뒤섞일 답, 이를 지	환지
對蹠	대할 대, 밟을 척	대서
宅內	집 댁, 안 내	택내
瀆職	더럽힐 독, 직분 직	속직
冬眠	겨울 동, 잠잘 면	동안
滿腔	찰 만, 속 빌 강	만공
邁進	갈 매, 나아갈 진	만진
盟誓	맹세 맹, 맹세 세	맹서
明晳	밝을 명, 밝을 석	명철
木瓜	나무 모, 외 과	목과
牡牛	수컷 모, 소 우	두우
夢寐	꿈 몽, 잘 매	몽침
毋論	말 무, 논할 론	모론
拇印	엄지손가락 무, 도장 인	모인
撲滅	칠 박, 멸할 멸	복멸
剝奪	깨질 박, 빼앗을 탈	약탈
反哺	돌이킬 반, 먹일 포	반보
潑剌	물 뿌릴 발, 발랄할 랄	발자
拔擢	뽑을 발, 뽑을 탁	발요
拜謁	절 배, 뵐 알	배갈

한자	바르게 읽기	잘못 읽는 독음
範疇	법 범, 이랑 주	범수
菩提	보살 보, 끌 리	보제
布施	보시 보, 베풀 시	포시
敷衍	펼 부, 넓을 연	부행
分泌	나눌 분, 분비할 비	분필
不朽	아닐 불, 썩을 후	불구
否塞	막힐 비, 막힐 색	부색
頻數	자주 빈, 자주 삭	빈수
裟婆	춤출 사, 할미 바	사파
社稷	토지신 사, 피 직	사목
索莫	노 삭, 없을 막	색막
撒布	뿌릴 살, 베 포	산포
相殺	서로 상, 빠를 쇄	상살
省略	덜 생, 간략할 략	성략
棲息	깃들일 서, 쉴 식	처식
閃光	번쩍일 섬, 빛 광	염광
星宿	별 성, 별 수	성숙
遡及	거스를 소, 미칠 급	삭급
騷擾	떠들 소, 시끄러울 요	소우
贖罪	속죄할 속, 죄 죄	독죄
衰頹	쇠할 쇠, 무너질 퇴	쇠번
睡眠	졸음 수, 잘 면	수민
晬宴	돌 수, 잔치 연	취연
猜忌	시기할 시, 꺼릴 기	청기
十月	열 시, 달 월	십월
辛辣	매울 신, 매울 랄	신극
呻吟	읊조릴 신, 읊을 음	신금
軋轢	삐걱거릴 알, 칠 력	알륵
謁見	뵐 알, 뵈올 현	알견
冶金	풀무 야, 쇠 금	치금
掠奪	노략질할 약, 빼앗을 탈	경탈
役割	부릴 역, 벨 할	역활
厭惡	싫어할 염, 미워할 오	염악

한자	바르게 읽기	잘못 읽는 독음
英語	뛰어날 영, 말씀 어	영오
嗚咽	슬플 오, 목멜 열	오인
惡寒	미워할 오, 찰 한	악한
渦中	소용돌이 와, 가운데 중	과중
歪曲	기울 왜, 굽을 곡	외·의곡
要塞	요긴할 요, 변방 새	요색
窯業	가마 요, 업 업	질업
容喙	얼굴 용, 부릴 훼	용탁
六月	여섯 유(육), 달 월	육월
凝結	엉길 응, 맺을 결	의결
以降	써 이, 내릴 강	이항
移徙	옮길 이, 옮길 사	이도
弛緩	늦출 이, 느릴 완	지완
溺死	빠질 익, 죽을 사	약사
一括	한 일, 묶을 괄	일활
一切	한 일, 모두 체	일절
自矜	스스로 자, 자랑할 긍	자금
綽綽	너그러울 작, 너그러울 작	탁탁
詛呪	저주할 저, 빌 주	조주
傳播	전할 전, 뿌릴 파	전번
點睛	점 점, 눈동자 정	점청
正鵠	바를 정, 과녁 곡	정호
造詣	지을 조, 이를 예	조지
躊躇	머뭇거릴 주, 머뭇거릴 저	수저
屯困	어려울 준, 어려울 곤	둔곤
浚渫	깊게 할 준, 파낼 설	준첩
憎惡	미울 증, 미워할 오	증악
眞摯	참 진, 잡을 지	진집
叱責	꾸짖을 질, 꾸짖을 책	칠책
緝物	모을 집, 만물 물	십물
茶禮	차 차, 예도 례	다례
斬新	벨 참, 새 신	점신
懺悔	뉘우칠 참, 뉘우칠 회	섬회

한자	바르게 읽기	잘못 읽는 독음
蒼氓	푸를 창, 백성 맹	창민
刺殺	찌를 척, 죽일 살	자살
喘息	숨찰 천, 쉴 식	단식
鐵槌	쇠 철, 망치 퇴	철추
諦念	살필 체, 생각 념	제념
帖文	체지 체, 글월 문	첩문
寵愛	사랑할 총, 사랑 애	용애
秋毫	가을 추, 터럭 호	추모
醜態	추할 추, 모습 태	귀태
熾烈	성할 치, 매울 열	직열
鍼術	침 침, 재주 술	함술
托鉢	맡길 탁, 바리때 발	탁본
度支	헤아릴 탁, 지탱할 지	도지
綻露	터질 탄, 드러날 로	정로
洞察	밝을 통, 살필 찰	동찰
堆積	쌓을 퇴, 쌓을 적	추적
耽溺	즐길 탐, 빠질 닉	심약
偸安	훔칠 투, 편안 안	유안
派遣	갈래 파, 보낼 견	파유
跛行	절름발이 파, 갈 행	피행
霸權	으뜸 패, 권세 권	파권
膨脹	불을 팽, 부을 창	팽장
曝白	사나울 포, 흰 백	폭백
暴惡	사나울 포, 악할 악	폭악
輻輳	바퀴살 폭, 몰려들 주	복주
標識	표할 표, 적을 지	표식
跛立	비스듬히 설 피, 설 립	파립
肛門	항문 항, 문 문	홍문
行列	항렬 항, 벌릴 렬	행렬
享樂	누릴 향, 즐길 락	형락
楷書	본보기 해, 글 서	개서
諧謔	화할 해, 희롱할 학	개학
孑遺	외로울 혈, 남길 유	자유

한자	바르게 읽기	잘못 읽는 독음
好惡	좋을 호, 미워할 오	호악
花瓣	꽃 화, 외씨 판	화변
廓然	클 확, 그럴 연	곽연
賄賂	뇌물 회, 뇌물 뢰	유락
嚆矢	울릴 효, 화살 시	고시
麾下	기 휘, 아래 하	마하
詰難	꾸짖을 힐, 어려울 난	길난
可矜	옳을 가, 자랑할 긍	가금
恪別	삼갈 각, 다를 별	격별
間隙	사이 간, 틈 극	간격
姦慝	간음할 간, 사특할 특	간약
減殺	덜 감, 빠를 쇄	감살
降旨	내릴 강, 뜻 지	항지
槪括	대개 개, 묶을 괄	개활
改竄	고칠 개, 숨을 찬	개서
坑木	구덩이 갱, 나무 목	항목
釀出	추렴할 걍, 날 출	거출
揭示	걸 게, 보일 시	계시
更張	고칠 경, 베풀 장	갱장
驚蟄	놀랄 경, 숨을 칩	경첩
汨沒	골몰할 골, 빠질 몰	일몰
刮目	긁을 괄, 눈 목	활목
攪亂	흔들 교, 어지러울 란	각란
狡獪	교활할 교, 교활할 쾌	교회
句讀	글귀 구, 구절 두	구독
句節	글귀 구, 마디 절	귀절
詭辯	속일 궤, 말씀 변	귀변
琴瑟	거문고 금, 거문고 실	금슬
喫煙	먹을 끽, 연기 연	계연
內人	안 나, 사람 인	내인
拿捕	잡을 나, 잡을 포	장포
捺印	누를 날, 도장 인	나인
狼藉	이리 낭, 깔 자	낭적

한자	바르게 읽기	잘못 읽는 독음
鹿茸	사슴 녹, 풀 날 용	녹이
賂物	뇌물 뇌, 물건 물	각물
訥辯	말 더듬거릴 눌, 말씀 변	납변
凜然	찰 늠, 그럴 연	품연
團欒	둥글 단, 둥글 란	단락
曇天	흐릴 담, 하늘 천	운천
撞着	칠 당, 붙을 착	동착
對峙	대할 대, 언덕 치	대시
陶冶	질그릇 도, 풀무 야	조약
獨擅	홀로 독, 멋대로 할 천	독단
遁走	숨을 둔, 달릴 주	돈주
罵倒	꾸짖을 매, 넘어질 도	마도
驀進	말 탈 맥, 나아갈 진	모진
萌芽	움 맹, 싹 아	명아
明澄	밝을 명, 맑을 징	명등
牧丹	칠 모, 아름다울 란	목단
木鐸	나무 목, 방울 탁	목택
杳然	아득할 묘, 그럴 연	향연
無聊	없을 무, 애오라지 료	무류
未洽	아닐 미, 흡족할 흡	미합
搏殺	두드릴 박, 죽일 살	복살
反駁	반대 반, 논박할 박	반교
頒布	나눌 반, 펼 포	분포
拔萃	뽑을 발, 모을 췌	발취
幇助	도울 방, 도울 조	봉조
反田	돌이킬 번, 밭 전	반전
兵站	병사 병, 역마을 참	병접
報酬	갚을 보, 갚을 수	보주
補塡	도울 보, 메울 전	보진
復活	다시 부, 살 활	복활
不尠	아닐 불, 적을 선	불감
沸騰	끓을 비, 오를 등	불등
譬喩	비유할 비, 깨우칠 유	벽유

한자	바르게 읽기	잘못 읽는 독음
憑藉	기댈 빙, 깔 자	빙적
使嗾	부릴 사, 부추길 주	사수
奢侈	사치할 사, 사치할 치	사다
索然	노 삭, 그럴 연	색연
道場	길 도, 도량 량	도장
上梓	위 상, 가래나무 재	상자
逝去	갈 서, 갈 거	절거
先塋	먼저 선, 무덤 영	선형
葉氏	땅이름 섭, 각시 씨	엽씨
洗滌	씻을 세, 씻을 척	세조
甦生	깨어날 소, 날 생	갱생
蕭條	쓸쓸할 소, 가지 조	숙조
殺到	빠를 쇄, 이를 도	살도
戍樓	지킬 수, 다락 루	술루
戍說	수자리 수, 말씀 설	견설
數爻	셈 수, 가로그을 효	수차
示唆	보일 시, 부추길 사	시준
諡號	시호 시, 이름 호	익호
迅速	빠를 신, 빠를 속	빈속
齷齪	악착할 악, 악착할 착	악족
斡旋	돌 알, 돌 선	간선
隘路	좁을 애, 길 로	익로
惹起	이끌 야, 일어날 기	약기
濾過	거를 여, 지날 과	로과
軟弱	연할 연, 약할 약	나약
囹圄	감옥 영, 가둘 수	영유
誤謬	그르칠 오, 그르칠 류	오류
於菟	땅이름 오, 호랑이 토	어토
訛傳	그릇될 와, 전할 전	화전
宛然	완연 완, 그럴 연	탄연
邀擊	맞을 요, 칠 격	격격
樂水	좋아할 요, 물 수	낙수
凹凸	오목할 요, 볼록할 철	요돌

한자	바르게 읽기	잘못 읽는 독음
遊說	놀 유, 달랠 세	유설
吟味	읊을 음, 맛 미	금미
義捐	옳을 의, 버릴 연	의손
罹災	걸릴 이, 재앙 재	나재
食氏	사람이름 이, 성 씨	식씨
已往	이미 이, 갈 왕	기왕
湮滅	묻힐 인, 꺼질 멸	연멸
一擲	한 일, 던질 척	일정
剩餘	남을 잉, 남을 여	승여
佐飯	도울 자, 밥 반	좌반
箴言	경계 잠, 말씀 언	함언
沮止	막을 저, 그칠 지	조지
截斷	끊을 절, 끊을 단	재단
接吻	이을 접, 입술 문	접물
精密	정할 정, 빽빽할 밀	정일
措置	둘 조, 둘 치	차치
駐箚	머무를 주, 찌를 차	주찰
蠢動	꾸물거릴 준, 움직일 동	춘동
櫛比	빗 즐, 견줄 비	절비
支撐	지탱할 지, 버틸 탱	지장
桎梏	차꼬 질, 수갑 곡	질고
斟酌	짐작할 짐, 술 부을 작	심작
執拗	잡을 집, 우길 요	집유
慙愧	부끄러울 참, 부끄러울 괴	참귀
參差	참여할 참, 다를 치	참차
暢達	화창할 창, 통할 달	양달
漲溢	넘칠 창, 넘칠 일	장익
闡明	밝힐 천, 밝을 명	단명
掣肘	당길 철, 팔꿈치 주	제주
貼付	붙일 첩, 줄 부	첨부
涕淚	눈물 체, 눈물 루	제루
忖度	헤아릴 촌, 헤아릴 탁	촌도
攝影	찍을 촬, 그림자 영	촬영

한자	바르게 읽기	잘못 읽는 독음
追悼	쫓을 추, 슬퍼할 도	추탁
衷心	속마음 충, 마음 심	애심
沈沒	빠질 침, 빠질 몰	심몰
蟄居	숨을 칩, 살 거	집거
拓本	박을 탁, 근본 본	척본
彈劾	꾸짖을 탄, 꾸짖을 핵	탄효
攄得	펼 터, 얻을 득	여득
推敲	밀 퇴, 두드릴 고	추고
耽讀	즐길 탐, 읽을 독	심독
痛哭	아플 통, 울 곡	동곡
闖入	엿볼 틈, 들 입	문입
破綻	깨트릴 파, 터질 탄	파정
稗官	피 패, 벼슬 관	피관
敗北	패할 패, 달아날 배	패북
閉塞	닫을 폐, 막힐 색	폐은
褒賞	기릴 포, 상줄 상	보상
捕捉	잡을 포, 잡을 착	포촉
漂渺	떠다닐 표, 아득할 묘	표사
分錢	돈 푼, 돈 전	분전
割引	벨 할, 끌 인	활인
降伏	항복할 항, 엎드릴 복	강복
陜川	땅이름 합, 내 천	협천
偕老	함께 해, 늙을 로	개로
解弛	풀 해, 늦출 이	해야
絢爛	무늬 현, 빛날 란	순란
荊棘	가시 형, 가시 극	형자
忽然	갑자기 홀, 그럴 연	총연
花卉	꽃 화, 풀 훼	화에
恍惚	황홀할 황, 황홀할 홀	광홀
畫數	그을 획, 셈 수	화수
嗅覺	맡을 후, 깨달을 각	취각
恰似	흡사할 흡, 닮을 사	합사

2. 주요 同字 異音語

降	내릴 강	降臨, 降雪, 降雨, 霜降, 乘降, 下降
	항복할 항	降伏, 降付, 降意, 降卒, 降表, 投降
更	다시 갱	更嫁, 更生, 更新, 更選, 更發, 更進
	고칠 경	更改, 更訂, 更革, 甲午更張, 更迭
見	볼 견	見習, 見學, 見解, 高見, 短見, 卓見
	뵈올 현, 보일 현	露見, 謁見, 見身, 見糧, 見地, 見參
廓	둘레 곽	城廓, 寥廓, 遊廓, 外廓, 式廓, 輪廓
	클 확	廓開, 廓大, 廓然, 廓正, 廓淸, 廓廓
龜	땅이름 구	龜玆, 龜山, 龜蒲
	거북 귀	龜殼, 龜鑑, 龜甲, 龜鏡, 龜齡, 龜胸
	터질 균	龜手, 龜坼, 龜裂
金	쇠 금	金屬, 金額, 金品, 貴金, 賞金, 殘金
	성 김	金氏, 金浦
內	안 내	內憂, 內外, 內服, 校內, 室內, 案內
	나	內人
糖	엿 당	糖分, 糖酪, 糖乳, 果糖, 葡萄糖
	엿 탕	砂糖, 雪糖
宅	댁 댁	宅內
	집 택	宅居, 宅地, 宅號, 家宅, 舍宅, 住宅
度	법도 도	度量, 度日, 度數, 角度, 年度, 限度
	헤아릴 탁	度計, 度內, 度料, 規度, 臆度, 忖度
讀	읽을 독	讀本, 讀書, 讀者, 講讀, 多讀, 耽讀
	구절 두	吏讀文, 句讀點
洞	골 동	洞口, 洞窟, 洞里, 明洞, 風洞, 潁洞
	밝을 통	洞觀, 洞達, 洞照, 洞察, 洞燭, 洞谿
反	돌아올 반, 반대 반	反對, 反目, 反省, 反映, 違反, 贊反
	뒤집을 번	反耕, 反畓, 反田, 反庫, 反脣, 反胃
復	돌아올 복	復權, 復歸, 復位, 克復, 反復, 興復
	다시 부	復生, 復用, 復土, 復活, 復興
否	아닐 부	否決, 否認, 否定, 可否, 拒否, 當否
	막힐 비	否隔, 否德, 否剝, 否泰, 否塞, 否運

北	북녘 북	北極, 北韓, 北向, 南北, 江北, 東北
	달아날 배	敗北
分	나눌 분	分離, 分班, 分析, 等分, 部分, 通分
	푼	分錢, 五分邊
不	아닐 불	不可, 不問, 不敬, 不關, 不顧, 不犯
	아닐 부	<ㄷ, ㅈ 앞에서> 不當, 不動, 不正, 不知, 不職, 不盡
殺	죽일 살	殺菌, 殺略, 殺伐, 擊殺, 自殺, 追殺
	빠를 쇄	殺到, 殺損, 殺下, 惱殺
狀	모양 상	狀貌, 狀態, 狀況, 近狀, 龍狀, 慘狀
	문서 장	狀啓, 狀民, 狀元, 公狀, 免狀, 賞狀
索	찾을 색	索求, 索具, 索婦, 索隱, 搜索, 思索
	동아줄 삭	索居, 索頭, 索寞, 索辮, 索性, 索然
塞	막힐 색	塞嘿, 塞然, 塞責, 塞賢, 否塞, 閉塞
	변방 새	塞外, 塞圍, 要塞, 塞翁之馬, 絶塞
誓	맹세할 서	誓告, 誓文, 誓約, 宣誓, 起誓, 信誓
	세	盟誓
說	말씀 설	說經, 說得, 說明, 論說, 社說, 學說
	달랠 세	說駕, 說客, 說難, 遊說
	기뻐할 열	說樂, 說服, 說懷, 說喜, 不亦說乎
省	살필 성	省墓, 省試, 省察, 歸省, 三省, 反省
	덜 생	省減, 省略, 省文, 省事, 省約, 省易
宿	잘 숙	宿工, 宿泊, 宿願, 宿題, 老宿, 一宿
	별자리 수	宿曜, 星宿
瑟	큰 거문고 슬	瑟居, 瑟瑟, 瑟汨, 琴瑟, 膠瑟, 簫瑟
	실	琴瑟
食	밥 식	食客, 食堂, 食道, 間食, 給食, 大食
	먹이 사, 기를 사	食氣, 食子, 疏食, 簞食瓢飮
識	알 식	識字, 識見, 識量, 面識, 知識, 卓識
	표지 지	標識
十	열 십	十經, 十戒, 十讀, 聞一知十, 重十
	시	十月(시월)
惡	악할 악	惡性, 惡質, 惡漢, 勸善懲惡, 暴惡
	미워할 오	惡心, 惡阻, 惡寒, 羞惡, 憎惡, 好惡

樂	음악 악	樂器, 樂聖, 樂章, 軍樂, 音樂, 風樂
	즐거울 락	樂康, 樂觀, 樂園, 苦樂, 三樂, 安樂
	좋아할 요	樂山樂水
若	같을 약	若干, 若箇, 若輩, 若此, 若何, 萬若
	반야 야	般若
葉	잎 엽	葉書, 葉語, 葉錢, 葉茶, 落葉 萬葉
	땅이름 섭	葉氏(섭씨 : 姓), 迦葉原(가섭원 : 地名)
六	여섯 육, 륙	六甲, 六經, 六年, 雙六, 丈六
	유, 뉴	六月, 五六月
易	쉬울 이	易簡, 易慢, 易直, 難易, 容易, 平易
	바꿀 역	易經, 易理, 易數, 交易, 貿易, 流易
咽	목구멍 인	咽咽, 咽候, 咽頭
	목멜 열	咽塞, 感咽, 鳴咽
刺	찌를 자	刺戟, 刺客, 刺絡, 擊刺, 論刺, 諷刺
	찌를 척	刺殺, 刺船, 刺刺, 刺候
著	나타날 저	著書, 著者, 著作, 高著, 共著, 顯著
	붙을 착	著根, 著落, 著目, 著席, 著語, 附著
切	끊을 절	切諫, 切感, 切實, 懇切, 急切, 半切
	온통 체	一切
提	끌 제	提示, 提案, 提携, 奉提, 前提, 招提
	리	菩提樹
佐	도울 좌	佐攻, 佐理, 佐事, 補佐, 書佐, 賢佐
	자	佐飯
斟	짐작할 짐	斟問, 斟酌, 斟酒, 滿斟, 細斟, 獻斟
	짐작할 침	斟量
徵	부를 징	徵據, 徵納, 徵兵, 奇徵, 象徵, 特徵
	음률이름 치	宮商角徵羽(궁상각치우 : 五音)
車	수레 차	車路, 車輛, 車氏, 客車, 汽車, 大車
	수레 거	車駕, 車轂, 車馬費, 停車場
茶	차 차	茶禮, 名茶, 麥茶, 新茶, 紅茶
	차 다	茶客, 茶菓, 茶罐, 茶煙, 茶會, 喫茶
差	다를 차	差等, 差別, 差異, 交差, 落差, 等差
	차별 치	差輕, 差勝, 差綾, 參差

帖	문서 첩	帖經, 帖伏, 帖試, 計帖, 手帖, 安帖
	체지 체	帖文, 帖紙
諦	살필 체	諦觀, 諦念, 諦思, 明諦, 妙諦, 俗諦
	울 제	盡諦, 俗諦
則	법칙 칙	則度, 則效, 規則, 法則, 原則, 學則
	곧 즉	然則
沈	잠길 침	沈屈, 沈滯, 沈沒, 沈着, 浮沈, 昇沈
	성씨 심	沈氏(심씨 : 姓)
跛	절름발이 파	跛蹇, 跛行, 跛鼈千里
	비스듬히 설 피	跛立, 跛倚
八	여덟 팔	八代, 八法, 八月, 八音, 八條, 八尺
	파	八思巴(파스파), 初八日(초파일)
婆	할미 파	婆娑, 婆娑兒, 婆心, 老婆, 産婆
	범어 바	婆羅門, 裟婆, 阿婆
便	편할 편	便計, 便道, 便利, 簡便, 方便, 形便
	똥오줌 변	便器, 便所, 便是, 便液, 大便, 用便
布	베 포	布告令, 布穀, 布敎, 葛布, 公布
	보시 보	布施
暴	사나울 폭	暴風, 暴露, 暴食, 狂暴, 自暴, 粗暴
	사나울 포	暴棄, 暴慢, 暴暴, 暴虐, 橫暴, 凶暴
皮	가죽 피	皮甲, 皮穀, 皮膚, 果皮, 草根木皮
	비	鹿皮
行	갈 행	行動, 行爲, 行政, 同行, 美行, 徐行
	항렬 항	行伍, 行列, 叔行
陜	좁을 협(= 狹)	峽徑, 狹小, 狹隘, 廣狹, 山峽, 偏狹
	땅이름 합	陜川
畵	그림 화(= 畫)	畵家, 畵伯, 畵室, 繡畵, 墨畵, 繪畵
	그을 획	畵計, 畵數, 畵順, 畵策, 畵一, 畵策
滑	미끄러울 활	滑甘, 滑走, 滑脫, 圓滑, 柔滑, 潤滑
	익살스러울 골	滑稽, 滑滑, 滑湣

3 장

꼭 알아야 할
就業漢字語

1. 主要 類義語(유의어) : 뜻이 비슷한 한자로 결합된 한자어

한자	뜻	한자	뜻
家屋	집 가, 집 옥	家宅	집 가, 집 택
假借	빌릴 가, 빌릴 차	間隔	사이 간, 사이 뜰 격
感覺	느낄 감, 깨달을 각	減縮	덜 감, 줄일 축
改革	고칠 개, 바꿀 혁	巨大	클 거, 큰 대
拒絕	막을 거, 끊을 절	堅固	굳을 견, 굳을 고
强健	강할 강, 굳셀 건	鋼鐵	강철 강, 쇠 철
建立	세울 건, 설 립	牽引	끌 견, 당길 인
缺損	이지러질 결, 덜 손	結束	묶을 결, 묶을 속
競爭	다툴 경, 다툴 쟁	警戒	경계할 경, 경계할 계
境域	지경 경, 지경 역	階段	계단 계, 층계 단
計略	꾀 계, 꾀 략	繼續	이을 계, 이을 속
繼承	이을 계, 이을 승	階層	계단 계, 층 층
計量	셈할 계, 셈할 량	過失	지날 과, 잃을 실
孤獨	외로울 고, 홀로 독	考慮	상고할 고, 생각할 려
困難	곤할 곤, 어려울 란	攻擊	칠 공, 칠 격
觀覽	볼 관, 볼 람	口舌	입 구, 혀 설
區域	지경 구, 지경 역	君主	임금 군, 주인 주
群衆	무리 군, 무리 중	屈曲	굽힐 굴, 굽을 곡
窮極	다할 궁, 다할 극	勸獎	권할 권, 도울 장

傾斜	기울 경, 비낄 사	橋梁	다리 교, 다리 량
驕慢	교만할 교, 거만할 만	丘陵	언덕 구, 언덕 릉
規範	법 규, 법 범	均等	고를 균, 같을 등
龜裂	터질 균, 찢을 열	勤愼	삼갈 근, 삼갈 신
根源	뿌리 근, 근원 원	給與	줄 급, 줄 여
飢餓	주릴 기, 주릴 아	基底	터 기, 밑 저
寄與	부칠 기, 줄 여	技術	재주 기, 재주 술
吉祥	길할 길, 상서로울 상	冷凍	찰 냉, 얼 동
老翁	늙을 노, 늙은이 옹	奴隸	종 노, 종 예
累積	쌓을 누, 쌓을 적	談話	말씀 담, 말씀 화
逃亡	달아날 도, 도망할 망	盜賊	훔칠 도, 도적 적
逃避	달아날 도, 피할 피	跳躍	뛸 도, 뛸 약
敦厚	두터울 돈, 두터울 후	敦篤	두터울 돈, 돈독할 독
媒介	중매 매, 끼일 개	埋葬	묻을 매, 감출 장
盟誓	맹세할 맹, 맹세할 서	模範	법 모, 법 범
侮蔑	업신여길 모, 업신여길 멸	模倣	본뜰 모, 본뜰 방
侮辱	업신여길 모, 욕할 욕	返還	돌이킬 반, 돌아올 환
背叛	등질 배, 배반할 반	排斥	밀칠 배, 물리칠 척
配匹	짝 배, 짝 필	飜覆	뒤집을 번, 뒤집힐 복
報償	갚을 보, 갚을 상	補佐	도울 보, 도울 좌
墳墓	무덤 분, 무덤 묘	分析	나눌 분, 가를 석
崩壞	무너질 붕, 무너질 괴	朋友	벗 붕, 벗 우
法規	법 법, 규범 규	法式	법 법, 법 식
變革	변할 변, 바꿀 혁	批評	비평할 비, 비평할 평
賓客	손님 빈, 손 객	詐欺	속일 사, 속일 기
思慮	생각 사, 생각 려	士卒	군사 사, 군사 졸
山岳	뫼 산, 큰산 악	相互	서로 상, 서로 호
傷害	다칠 상, 해칠 해	書冊	글 서, 책 책
逝去	갈 서, 갈 거	選擇	가릴 선, 가릴 택
宣布	베풀 선, 베풀 포	損失	덜 손, 잃을 실
損害	덜 손, 해칠 해	城郭	성 성, 성곽 곽
洗濯	씻을 세, 씻을 탁	搜索	찾을 수, 찾을 색

崇高	높을 숭, 높을 고	承繼	이을 승, 이을 계
收穫	거둘 수, 거둘 확	伸張	펼 신, 베풀 장
尋訪	찾을 심, 찾을 방	殃禍	재앙 앙, 재화 화
厄禍	액 액, 재화 화	掠奪	빼앗을 약, 빼앗을 탈
約束	묶을 약, 묶을 속	養育	기를 양, 기를 육
旅客	나그네 여, 손님 객	年歲	해 년, 해 세
緣由	인연 연, 말미암을 유	念慮	생각 염, 생각할 려
閱覽	볼 열, 볼 람	傲慢	거만할 오, 거만할 만
容儀	얼굴 용, 거동 의	優秀	넉넉할 우, 빼어날 수
怨恨	원망할 원, 한할 한	援護	도울 원, 보호할 호
危急	위태할 위, 급할 급	危險	위태할 위, 험할 험
離別	떠날 이, 나눌 별	離散	떠날 이, 흩어질 산
類似	같을 유, 같을 사	宜當	마땅 의, 마땅 당
依託	의지할 의, 의지할 탁	災厄	재앙 재, 재앙 액
姿態	모양 자, 모양 태	災殃	재앙 재, 재앙 앙
典籍	법 전, 문서 적	殿堂	집 전, 집 당
戰鬪	싸움 전, 싸움 투	竊盜	훔칠 절, 도둑 도
停止	머무를 정, 그칠 지	調和	고를 조, 화할 화
組織	짤 조, 짤 직	租稅	구실 조, 구실 세
存在	있을 존, 있을 재	拙劣	졸할 졸, 못할 렬
終末	끝 종, 끝 말	種子	씨 종, 아들 자
終了	끝날 종, 마칠 료	住居	살 주, 살 거
珠玉	구슬 주, 구슬 옥	俊傑	준걸 준, 뛰어날 걸
重厚	무거울 중, 두터울 후	集團	모을 집, 모일 단
知識	알 지, 알 식	進就	나아갈 진, 나아갈 취
差異	어긋날 차, 다를 이	參與	참여할 참, 더불 여
慙愧	부끄러울 참, 부끄러울 괴	菜蔬	나물 채, 나물 소
採擇	캘 채, 가릴 택	蓄積	쌓을 축, 쌓을 적
添加	더할 첨, 더할 가	尖銳	뾰족할 첨, 날카로울 예
逮捕	잡을 체, 잡을 포	侵犯	침노할 침, 범할 범
稱讚	일컬을 칭, 기릴 찬	誕生	낳을 탄, 날 생
墮落	떨어질 타, 떨어질 락	怠慢	게으름 태, 게으를 만

把握	잡을 파, 쥘 악	抱擁	안을 포, 안을 옹
幣帛	비단 폐, 비단 백	捕捉	잡을 포, 잡을 착
捕獲	잡을 포, 얻을 획	畢竟	마칠 필, 다할 경
下降	아래 하, 내릴 강	河川	물 하, 내 천
寒冷	찰 한, 찰 냉	抗拒	막을 항, 막을 거
顯著	나타날 현, 드러날 저	嫌惡	싫어할 혐, 미워할 오
刑罰	형벌 형, 죄 벌	亨通	형통할 형, 통할 통
婚姻	혼인할 혼, 혼인 인	擴張	넓힐 확, 베풀 장
後尾	뒤 후, 꼬리 미	回歸	돌 회, 돌아갈 귀

2. 相對語와 反意語

漢字	읽기	用例	漢字	읽기	用例
先後	먼저 선	先生, 先任 先烈, 先金	春秋	봄 춘	春色, 春耕 賣春, 望春
	뒤 후	後輩, 後進 後學, 後任		가을 추	秋月, 秋波 麥秋, 晩秋
手足	손 수	手話, 手決 歌手, 國手	兄弟	맏 형	兄事, 兄嫂 貴兄, 從兄
	발 족	足球, 足鎖 滿足, 充足		아우 제	弟嫂, 弟昆 從弟, 介弟
日月	날 일	日收, 日程 空日, 休日	分合	나눌 분	分所, 分解 職分, 名分
	달 월	月給, 月色 歲月, 佳月		합할 합	合成, 合體 結合, 組合
左右	왼 좌	左相, 左記 證左, 如左	全半	온전할 전	全部, 全力 安全, 純全
	오른 우	右相, 右記 極右, 座右		반 반	半額, 半折 殆半, 前半
天地	하늘 천	天命, 天氣 九天, 登天	古今	엣 고	古典, 古家 萬古, 尙古
	땅 지	地球, 地理 立地, 基地		이제 금	今時, 今世 方今, 昨今
出入	날 출	出張, 出發 産出, 進出	和戰	화할 화	和解, 和合 親和, 人和
	들 입	入試, 入場 介入, 進入		싸울 전	戰爭, 戰鬪 大戰, 苦戰
去來	갈 거	去根, 去勢 過去, 逝去	當落	당할 당	當選, 當年 過當, 妥當
	올 래	來往, 來年 未來, 由來		떨어질 락	落第, 落果 墜落, 脫落
輕重	가벼울 경	輕動, 輕妄 輕視, 輕車	賣買	팔 매	賣却, 賣淫 發賣, 專賣
	무거울 중	重責, 重量 加重, 貴重		살 매	買占, 買食 競買, 購買

漢字	읽기	用例	漢字	읽기	用例
曲	굽을 곡	曲線, 曲言 歌曲, 名曲	賞 罰	상줄 상	賞金, 賞與 鑑賞, 觀賞
直	곧을 직	直言, 直立 剛直, 硬直		죄 벌	罰則, 罰酒 嚴罰, 刑罰
君	임금 군	君恩, 君臨 明君, 賢君	善 惡	착할 선	善處, 善心 改善, 積善
臣	신하 신	臣民, 臣事 家臣, 功臣		악할 악	惡性, 惡用 邪惡, 罪惡
吉	길할 길	吉夢, 吉日 大吉, 納吉	勝 敗	이길 승	勝利, 勝景 健勝, 名勝
凶	흉할 흉	凶家, 凶惡 奸凶, 元兇		질 패	敗訴, 敗將 腐敗, 連敗
冷	찰 냉	冷凍, 冷徹 空冷, 溫冷	始 末	처음 시	始球, 始作 開始, 原始
熱	더울 열	熱湯, 熱愛 加熱, 高熱		끝 말	末端, 末尾 結末, 本末
勞	일할 노	勞動, 勞力 疲勞, 徒勞	新 舊	새 신	新刊, 新年 日新, 刷新
使	부릴 사	使令, 使徒 公使, 急使		예 구	舊官, 舊物 感舊, 復舊
多	많을 다	多量, 多情 過多, 雜多	生 死	날 생	生日, 生還 人生, 敎生
少	적을 소	少年, 少長 減少, 寡少		죽을 사	死活, 死地 沒死, 急死
晝	낮 주	晝間, 晝學 白晝, 殘晝	長 短	긴 장	長點, 長成 特長, 家長
夜	밤 야	夜學, 夜食 獨夜, 白夜		짧을 단	短音, 短評 淺短, 凡短
祖	조상 조	祖國, 祖訓 元祖, 敎祖	消 發	사라질 소	消防, 消失 抹消, 解消
孫	손자 손	孫婦, 孫子 子孫, 來孫		필 발	發展, 發射 奮發, 開發
强	굳셀 강	强國, 强盛 列强, 自强	敎 學	가르칠 교	敎育, 敎師 胎敎, 背敎
弱	약할 약	弱骨, 弱息 文弱, 幼弱		배울 학	學生, 學友 見學, 美學

漢字	읽기	用例	漢字	읽기	用例
昨今	어제 작	昨年, 昨夜 日昨, 再昨	訓音	뜻 훈	訓讀, 訓戒 家訓, 校訓
	이제 금	今日, 今方 現今, 卽今		소리 음	音樂, 音質 福音, 騷音
朝夕	아침 조	朝貢, 朝廷 明朝, 今朝	心身	마음 심	心情, 心思 孝心, 佛心
	저녁 석	夕陽, 夕照 日夕, 除夕		몸 신	身上, 身體 單身, 保身
苦樂	쓸 고	苦心, 苦學 刻苦, 艱苦	遠近	멀 원	遠景, 遠流 永遠, 廣遠
	즐길 락	樂園, 樂土 極樂, 獨樂		가까울 근	近郊, 近處 至近, 最近
有無	있을 유	有情, 有別 私有, 保有	好惡	좋아할 호	好男, 好言 交好, 同好
	없을 무	無理, 無關 全無, 虛無		미워할 오	惡心, 惡寒 惡風, 惡醉
利害	이로울 이	利益, 利器 有利, 公利	開閉	열 개	開幕, 開學 公開, 再開
	해칠 해	害惡, 害蟲 公害, 侵害		닫을 폐	閉門, 閉講 啓閉, 密閉
自他	스스로 자	自强, 自主 獨自, 各自	送迎	보낼 송	送達, 送別 放送, 發送
	다를 타	他國, 他席 利他, 排他		맞을 영	迎接, 迎意 來迎, 奉迎
主客	주인 주	主張, 主務 地主, 君主	攻守	칠 공	攻擊, 攻略 侵攻, 强攻
	손 객	客室, 客席 顧客, 食客		지킬 수	守節, 守城 看守, 固守
將卒	장수 장	將校, 將軍 老將, 名將	同異	한가지 동	同族, 同數 協同, 一同
	군사 졸	卒兵, 卒業 從卒, 甲卒		다를 이	異物, 異性 奇異, 驚異
初終	처음 초	初夜, 初耕 始初, 原初	損益	덜 손	損害, 損傷 缺損, 減損
	끝 종	終禮, 終業 有終, 臨終		더할 익	益友, 益智 有益, 公益

漢字	읽기	用例	漢字	읽기	用例
黑白	검을 흑	黑心, 黑夜 純黑, 赤黑	動靜	움직일 동	動態, 動物 勞動, 活動
	흰 백	白球, 白紙 純白, 空白		고요 정	靜居, 靜境 冷靜, 安靜
清濁	맑을 청	淸談, 淸吏 上淸, 河淸	眞僞	참 진	眞實, 眞價 童眞, 迫眞
	흐릴 탁	濁流, 濁酒 白濁, 重濁		거짓 위	僞善, 僞妄 奸僞, 虛僞
添削	더할 첨	添加, 添酌 多添, 別添	首尾	머리 수	首肯, 首班 空首, 卷首
	깎을 삭	削除, 削髮 刊削, 減削		꼬리 미	尾行, 尾蔘 大尾, 追尾
優劣	뛰어날 우	優良, 優秀 名優, 俳優	經緯	날 경	經度, 經費 易經, 石經
	못할 열	劣等, 劣品 拙劣, 卑劣		씨 위	緯線, 緯度 秘緯, 南緯
伸縮	펼 신	伸張, 伸雪 屈伸, 引伸	慶弔	경사 경	慶祝, 慶事 祥慶, 賀慶
	줄일 축	縮小, 縮刷 緊縮, 減縮		조상할 조	弔書, 弔意 謹弔, 哀弔
公私	공평할 공	公平, 公金 貴公, 乃公	與野	더불 여	與論, 與黨 給與, 附與
	사사 사	私服, 私感 外私, 陰私		들 야	野心, 野黨 平野, 內野
起伏	일어날 기	起床, 起立 再起, 興起	安危	편안 안	安定, 安心 便安, 保安
	엎드릴 복	伏線, 伏乞 屈伏, 埋伏		위태할 위	危險, 危殆 傾危, 思危
集散	모일 집	集合, 集結 募集, 應集	內外	안 내	內部, 內實 案內, 室內
	흩을 산	散髮, 散在 解散, 放散		바깥 외	外務, 外物 對外, 疎外

4 장

注意해야 할 漢字

注意해야 할 漢字 4장

1. 비슷한 漢字

1) 모양이 비슷한 한자

人	사람 인	人格	切	끊을 절	切斷
入	들 입	入口	功	공 공	功過
八	여덟 팔	八道	攻	칠 공	攻守
戊	천간 무	戊寅	己	몸 기	自己
戍	수자리 수	衛戍	已	이미 이	已往
戌	개 술	戌時	巳	뱀 사	乙巳
大	클 대	大國	九	아홉 구	九十
太	클 태	太初	丸	탄알 환	彈丸
犬	개 견	犬馬	亦	또 역	亦是
丈	어른 장	丈人	赤	붉을 적	赤色
名	이름 명	姓名	代	대신할 대	代理
各	각각 각	各自	伐	칠 벌	討伐
烏	새 조	鳥類	壬	북방 임	壬方
烏	까마귀 오	烏鵲	王	임금 왕	王子
島	섬 도	落島	玉	구슬 옥	玉石
延	끌 연	延期	刀	칼 도	短刀
廷	조정 정	朝廷	刃	칼날 인	霜刃
斤	도끼 근	斤量	旦	아침 단	元旦
斥	물리칠 척	排斥	且	또 차	且置

貝	조개 패	貝類	午	낮 오	正午
具	갖출 구	具備	牛	소 우	牛乳
巨	클 거	巨人	雨	비 우	雨傘
臣	신하 신	忠臣	兩	둘 량	兩立
搏	칠 박	搏殺	水	물 수	生水
博	넓을 박	博學	氷	얼음 빙	氷山
縛	얽을 박	束縛	永	길 영	永久
嘔	토할 구	嘔吐	撞	칠 당	撞着
歐	구주 구	歐美	憧	동경할 동	憧憬
毆	칠 구	毆打	瞳	눈동자 동	瞳孔
予	나 여	予日	天	하늘 천	天地
矛	창 모	矛盾	夭	일찍 죽을 요	夭折
輝	빛날 휘	光輝	兢	조심할 긍	兢兢
揮	휘두를 휘	指揮	競	다툴 경	競爭
賞	상줄 상	授賞	栽	심을 재	栽培
償	갚을 상	償還	裁	헤아릴 재	裁量
旺	왕성할 왕	旺盛	弊	폐단 폐	弊端
枉	굽힐 왕	枉臨	幣	돈 폐	貨幣
暑	더울 서	寒暑	墳	무덤 분	墳墓
署	관청 서	官署	憤	분해할 분	憤怒
弟	아우 제	兄弟	密	빽빽할 밀	密林
第	차례 제	第一	蜜	꿀 밀	蜜月
純	순수할 순	純潔	曆	책력 력	陽曆
鈍	둔할 둔	鈍感	歷	지낼 력	歷史
朗	밝을 랑	明朗	姿	모양 자	姿勢
郞	사내 랑	郞君	恣	방자할 자	恣意
悔	뉘우칠 회	悔改	拔	뺄 발	拔本
誨	가르칠 회	敎誨	跋	밟을 발	跋文
控	당길 공	控除	粉	가루 분	粉食
腔	속 빌 강	口腔	紛	어지러울 분	紛爭
殼	껍질 각	地殼	毫	털 호	秋毫
穀	곡식 곡	米穀	豪	호걸 호	强豪

簿	문서 부	帳簿	復	회복할 복	復舊
薄	얇을 박	薄氷	複	겹칠 복	重複
亨	형통할 형	亨通	班	나눌 반	班長
享	누릴 향	享有	斑	얼룩 반	斑點
肛	항문 항	肛門	錄	기록 록	記錄
紅	붉을 홍	紅色	綠	초록빛 록	草綠
訌	어지러울 홍	內訌	緣	연줄 연	因緣
慢	게으를 만	怠慢	渴	목마를 갈	渴望
漫	흩어질 만	散漫	喝	꾸짖을 갈	恐喝
槪	대개 개	槪觀	仗	의지할 장	儀仗
慨	슬퍼할 개	慨歎	杖	지팡이 장	短杖
粹	순수할 수	純粹	偕	함께 해	偕老
碎	부술 쇄	分碎	楷	곧을 해	楷書
俳	광대 배	俳優	敲	두드릴 고	推敲
徘	노닐 배	徘徊	稿	볏짚 고	原稿
潑	활발할 발	潑剌	濾	거를 려	濾過
撥	퉁길 발	反撥	攄	헤칠 터	攄得

2) 모양과 뜻이 함께 비슷한 한자

墜	떨어질 추	墜落	綱	벼리 강	綱領
墮	떨어질 타	墮落	網	그물 망	網羅
忽	문득 홀	忽然	黑	검을 흑	黑白
悤	바쁠 총	悤忙	墨	먹 묵	墨色
載	실을 재	積載	析	쪼갤 석	分析
戴	일 대	戴冠	折	꺾을 절	折半
減	덜 감	減量	帥	장수 수	元帥
滅	멸할 멸	滅亡	師	스승 사	師敎
踏	밟을 답	踏步	哲	밝을 철	賢哲
蹈	밟을 도	舞蹈	晳	밝을 석	明晳

3) 음과 뜻이 함께 비슷한 한자

煩	번민할 번	煩惱, 煩悶
繁	번성할 번	繁盛, 繁榮
詞	말 사	歌詞, 詞華
辭	말씀 사	祝辭, 獻辭
古	예 고, 묵을 고	古今, 現今
故	본디 고, 예 고	故事, 故鄉
現	나타날 현	現金, 現在
顯	드러낼 현, 밝을 현	顯名, 顯著
元	으뜸 원	元年, 元首
原	근본 원	原本, 原理
源	근원 원	根源, 源泉

4) 모양, 음, 뜻이 함께 비슷한 한자

辨	분별할 변	辨別	象	코끼리 상	對象
辯	말씀 변	達辯	像	모양 상	想像
獲	얻을 획	獲得	士	선비 사	博士
穫	거둘 확	收穫	仕	섬길 사	奉仕
制	법제 제	制度	低	낮을 저	低級
製	지을 제	製作	底	밑 저	底力
卷	책 권	卷頭	植	심을 식	植樹
券	문서 권	證券	殖	번식할 식	繁殖
迷	혼미할 미	迷宮	括	묶을 괄	包括
謎	수수께끼 미	謎題	刮	긁을 괄	刮目

2. 正字에 대한 略字

한자 중에는 쓰기에 복잡한 글자가 많다. 이러한 글자의 획을 줄여서 쓰기에 편리하도록 한 것이 약자이다.

漢字	읽기	略字	漢字	읽기	略字
區	지경 구	区	圖	그림 도	図
對	대할 대	対	戰	싸울 전	战
樂	즐길 락	楽	畵	그림 화	画
發	쏠 발	発	禮	예도 례	礼
綠	푸를 록	緑	藥	약 약	薬
號	이름 호	号	讀	읽을 독	読
醫	의원 의	医	體	몸 체	体
傳	전할 전	伝	價	값 가	価
兒	아이 아	児	勞	일할 로	労
參	석 삼	参	團	둥근 단	団
實	열매 실	実	寫	베낄 사	写
廣	넓을 광	広	惡	나쁠 악	悪
獨	홀로 독	独	當	마땅 당	当
擧	들 거	挙	舊	예 구	旧
觀	볼 관	観	變	변할 변	変
賣	팔 매	売	輕	가벼울 경	軽
鐵	쇠 철	鉄	關	빗장 관	関
亂	어지러울 란	乱	儉	검소할 검	倹
嚴	엄할 엄	厳	圍	에워쌀 위	囲
壯	씩씩할 장	壮	奬	권면할 장	奨
寢	잠잘 침	寝	屬	붙일 속	属
廳	관청 청	庁	彈	탄알 탄	弾
從	따를 종	従	據	근거 거	拠

漢字	읽기	略字	漢字	읽기	略字
擇	가릴 택	択	條	조건 조	条
歡	기쁠 환	歓	歸	돌아올 귀	帰
殘	남을 잔	残	營	경영할 영	営
盡	다할 진	尽	稱	일컬을 칭	称
繼	이을 계	継	肅	엄숙할 숙	粛
與	더불 여	与	裝	꾸밀 장	装
覺	깨달을 각	覚	證	증거 증	証
讚	기릴 찬	讃	轉	구를 전	転
辭	말씀 사	辞	錢	돈 전	銭
鑛	쇳돌 광	鉱	險	험할 험	険
隱	숨을 은	隠	雜	섞일 잡	雑
靜	고요할 정	静	顯	나타날 현	顕
鷄	닭 계	鶏	點	점 점	点
龍	용 룡	竜	僞	거짓 위	偽
屢	여럿 루	屡	廢	폐할 폐	廃
徑	지름길 경	径	惱	괴로워할 뇌	悩
慘	참혹할 참	惨	拂	떨 불	払
擴	넓힐 확	拡	曉	새벽 효	暁
濕	젖을 습	湿	燒	불사를 소	焼
禪	봉선 선	禅	竝	아우를 병	並
聰	귀 밝을 총	聡	螢	반딧불 형	蛍
遲	늦을 지	遅	驅	몰 구	駆
鹽	소금 염	塩	龜	거북 귀	亀

3. 헷갈리는 漢字 部首

丁	一, 장정 정	亂	乙, 어지러울 란	卯	卩, 알 란
乳	乙, 젖 유	冊	冂, 책 책	厚	厂, 두터울 후
危	卩, 위태로울 위	券	刀, 문서 권	周	口, 두루 주
困	囗, 곤할 곤	墓	土, 무덤 묘	壯	士, 씩씩할 장
占	卜, 점칠 점	奇	大, 기이할 기	獎	大, 권면할 장
委	女, 맡길 위	孔	子, 구멍 공	存	子, 있을 존
射	寸, 쏠 사	就	尢, 나아갈 취	巨	工, 클 거
季	子, 계절 계	差	工, 어긋날 차	憲	心, 법 헌
更	曰, 고칠 경	朱	木, 붉을 주	條	木, 가지 조
歸	止, 돌아갈 귀	甲	田, 갑옷 갑	穀	禾, 곡식 곡
肅	聿, 엄숙할 숙	與	臼, 더불 여	舞	舛, 춤출 무
象	豕, 코끼리 상	豫	豕, 미리 예	酒	酉, 술 주
辯	辛, 말씀 변	閑	門, 한가할 한	髮	髟, 터럭 발
鬪	鬥, 싸움 투	鳴	鳥, 울 명	點	黑, 점 점
丑	一, 소 축	丘	一, 언덕 구	且	一, 또 차
丸	丶, 알 환	乎	丿, 어조사 호	也	乙, 어조사 야
乞	乙, 빌 걸	了	亅, 마칠 료	予	亅, 나 여
于	二, 어조사 우	云	二, 이를 운	互	二, 서로 호
亥	亠, 돼지 해	亨	亠, 형통할 형	享	亠, 누릴 향
免	儿, 면할 면	兮	八, 어조사 혜	冒	冂, 무릅쓸 모
劣	力, 못할 렬	募	力, 모을 모	匹	匸, 짝 필
卯	卩, 토끼 묘	厄	厂, 재앙 액	闕	厂, 그 궐
叛	又, 배반할 반	只	口, 다만 지	哉	口, 어조사 재
咸	口, 다 함	嘗	口, 맛볼 상	囚	囗, 가둘 수
垂	土, 드리울 수	塞	土, 변방 새	墨	土, 먹 묵
夷	大, 오랑캐 이	奏	大, 아뢸 주	孰	子, 누구 숙
尖	小, 뾰족할 첨	尤	尢, 더욱 우	屯	屮, 진칠 둔
巳	己, 지지 사	弔	弓, 조상할 조	旣	无, 이미 기
暢	日, 펼 창	暮	日, 저물 모	棄	木, 버릴 기

焉	火, 어찌 언	燕	火, 제비 연	爵	爪, 벼슬 작
牽	牛, 끌 견	玆	玄, 이 자	畜	田, 쌓을 축
罔	冈, 그물 망	罷	冈, 마칠 파	肩	肉, 어깨 견
雁	隹, 기러기 안	雖	隹, 비록 수	飜	飛, 뒤칠 번
矣	矢, 어조사 의	盤	皿, 그릇 반	輿	車, 수레 여
亡	亠, 망할 망	元	儿, 으뜸 원	兒	儿, 아이 아
兵	八, 병사 병	具	八, 갖출 구	典	八, 법 전
再	冂, 두 재	凶	凵, 흉할 흉	化	匕, 될 화
卒	十, 군사 졸	商	口, 장사 상	奉	大, 받들 봉
州	巛, 고을 주	曲	曰, 굽을 곡	望	月, 바랄 망
相	目, 서로 상	知	口, 알 지	競	立, 다툴 경
考	老, 살필 고	能	肉, 능할 능	良	艮, 어질 량
産	生, 낳을 산	要	襾, 중요할 요	養	食, 기를 양

5장

歷史의 香氣와
聖賢의 教訓

1. 歷史의 香氣

1) 善竹橋(선죽교)

> 李偰(이설, 1850~1906) : 조선 말기의 문신. 일제에 의해 국권이 상실
> 되자 통분하여 자결했다. 충절을 지키다가 죽임을 당한 정몽주가 자
> 신의 처지와 같다고 생각하여 지은 시이다.

善竹橋頭血(선죽교두혈)	선죽교에 흘린 피
人悲我不悲(인비아불비)	사람들은 슬퍼하나, 나는 슬퍼하지 않네.
孤臣亡國後(고신망국후)	외로운 신하 나라가 망한 후에
不死竟何爲(불사경하위)	죽지 않고 살았다 하면 무슨 소용이리요.

┌─ 한자풀이 ─────────────────────────┐

善竹橋頭血(착할 선, 대 죽, 다리 교, 머리 두, 피 혈)

人悲我不悲(사람 인, 슬플 비, 나 아, 아니 불, 슬플 비)

孤臣亡國後(외로울 고, 신하 신, 망할 망, 나라 국, 뒤 후)

不死竟何爲(아니 불, 죽을 사, 마침내 경, 어찌 하, 할 위)

└────────────────────────────────┘

2) 北征歌(북정가)

南怡(남이, 1411~1468) : 조선 전기의 무신. 도적떼를 토벌하였고, 이
시애의 난 때 우대장으로 이를 진압하였다. 서북변의 건주위를 정벌
했다. 공신의 대우를 받았고 병조판서에까지 올랐으나, 역모의 의심
을 받아 처형되어 젊은 나이에 생을 마쳤다. 아래 작품은 역모의 의
심을 받은 작품이다.

白頭山石磨刀盡(백두산석마도진)	백두산의 돌은 칼 가는 데 쓰이고
豆滿江水飮馬無(두만강수음마무)	두만강의 물은 말이 다 마셔 없앤다.
男兒二十未平國(남아이십미평국)	남아 이십 세에 나라를 평안하게 하지 못하면
後世誰稱大丈夫(후세수칭대장부)	후세에 누가 대장부라 부르겠는가.

┌ 한자풀이 ─────

白頭山石磨刀盡
(흰 백, 머리 두, 메 산, 돌 석, 갈 마, 칼 도, 다할 진)
豆滿江水飮馬無
(콩 두, 가득 찰 만, 강 강, 물 수, 마실 음, 말 마, 없을 무)
男兒二十未平國
(사내 남, 아이 아, 두 이, 열 십, 아닐 미, 평평할 평, 나라 국)
後世誰稱大丈夫
(뒤 후, 인간 세, 누구 수, 칭할 칭, 큰 대, 어른 장, 사내 부)

3) 四時(사시)

陶淵明(도연명, 365~427) : 중국 동진(東晋)말기 부터 남조(南朝)의 송대(宋代) 초기에 걸쳐 생존한 중국의 대표적 시인. 기교를 부리지 않고, 평담(平淡)한 시풍이었기 때문에 당시의 사람들로부터는 경시를 받았지만, 당대 이후는 6조(六朝) 최고의 시인으로서 그 이름이 높아졌다. 주요 작품으로 <오류선생전>, <도화원기>, <귀거래사>가 있다.

春水滿四澤(춘수만사택)	봄의 물은 네 곳의 못에 가득하다.
夏雲多奇峰(하운다기봉)	여름의 구름은 기이한 봉우리가 많다.
秋月揚明輝(추월양명휘)	가을의 달은 밝게 빛남을 드날린다.
冬嶺秀孤松(동령수고송)	겨울 고개엔 외로운 소나무만 빼어나다.

┌ 한자풀이 ─────────────────────

春水滿四澤(봄 춘, 물 수, 가득 찰 만, 넷 사, 못 택)
夏雲多奇峰(여름 하, 구름 운, 많을 다, 기이할 기, 봉우리 봉)
秋月揚明輝(가을 추, 달 월, 드날릴 양, 밝을 명, 빛날 휘)
冬嶺秀孤松(겨울 동, 고개 령, 빼어날 수, 외로울 고, 소나무 송)

4) 絶命詩(절명시)

黃玹(황현, 1855~1910) : 조선말기의 학자이자 문인. 호는 梅泉(매천). 강위, 이건창, 김택영과 함께 한말 4대가의 한 사람이다. 과거에 급제 하였으나 고향에 내려가 학문을 연구하다 1910년 국권피탈의 소식 듣고 절명시 4수를 남기고 자결한다. 아래 자료는 첫 번째와 세 번째 이다. 주요저서로 <梅泉詩集(매천시집)>이 있다.

(1)

亂離袞到白頭年 (난리곤도백두년)	어지러운 난리를 겪으면서 흰머리가 되기까지
幾合捐生却未然 (기합연생각말연)	몇 번이고 목숨을 끊으려다 이루지 못했도다.
今日眞成無可奈 (금일진성무가내)	오늘날 참으로 어찌할 수 없고 보니
輝輝風燭照蒼天 (휘휘풍촉조창천)	가물거리는 촛불만 푸른 하늘을 비추네.

┌ 한자풀이 ─────────────

亂離袞到白頭年
(어지러울 난, 떠날 리, 곤룡포 곤, 이를 도, 흰 백, 머리 두, 해 년)
幾合捐生却未然
(어찌 기, 합할 합, 버릴 연, 날 생, 물리칠 각, 끝 말, 그럴 연)
今日眞成無可奈
(이제 금, 날 일, 참 진, 이룰 성, 없을 무, 옳을 가, 어찌 내)
輝輝風燭照蒼天
(빛날 휘, 빛날 휘, 바람 풍, 촛불 촉, 비출 조, 푸를 창, 하늘 천)

鳥獸哀鳴海岳嚬 (조수애명해악빈)	새와 짐승들도 슬피 울고 바다 또한 찡그리네.
槿花世界已沈淪 (근화세계이침륜)	무궁화 이 나라가 이미 물속으로 가라앉네.
秋燈掩卷懷千古 (추등엄권회천고)	가을의 등불 아래 책을 덮고 지난 역사를 되새기니
難作人間識字人 (난작인간식자인)	인간 세상에 글 아는 사람 노릇하기 어렵기만 하구나.

한자풀이

鳥獸哀鳴海岳嚬
(새 조, 짐승 수, 슬플 애, 울 명, 바다 해, 큰산 악, 찡그릴 빈)
槿花世界已沈淪
(무궁화나무 근, 꽃 화, 인간 세, 지경 계, 이미 이, 빠질 침, 빠질 륜)
秋燈掩卷懷千古
(가을 추, 등잔 등, 가릴 엄, 책 권, 품을 회, 일천 천, 예 고)
難作人間識字人
(어려울 난, 지을 작, 사람 인, 사이 간, 알 식, 글자 자, 사람 인)

5) 踏雪野中去(답설야중거)

西山大師(서산대사, 1520~1604) : <답설야중거>는 서산대사가 짓고, 김구가 일생의 좌우명으로 여겨서 유명해진 작품이다.

踏雪野中去(답설야중거)	눈 덮인 광야를 걸어갈 때에는
不須胡亂行(불수호란행)	그 발걸음을 함부로 어지러이 걷지 말라.
今日我行蹟(금일아행적)	오늘 내가 걷는 나의 이 발자국은
遂作後人程(수작후인정)	뒤따라오는 사람의 이정표가 되리니.

한자풀이

踏雪野中去(밟을 답, 눈 설, 들 야, 가운데 중, 갈 거)
不須胡亂行(아니 불, 모름지기 수, 오랑캐 호, 어지러울 란, 갈 행)
今日我行蹟(이제 금, 날 일, 나 아, 갈 행, 자취 적)
遂作後人程(따를 수, 지을 작, 뒤 후, 사람 인, 이정표 정)

2. 聖賢의 教訓

1) 四書 속의 名言

(1) [論語]

* 學而時習之면 不亦悅乎아.

[배우고 때로 익히면 또한 기쁘지 아니한가?]

* 有朋이 自遠方來면 不亦樂乎아.

[벗이 멀리서 찾아오면 또한 즐겁지 아니한가?]

* 人不知不慍이면 不亦君子乎아.

[남이 알아주지 아니하여도 노여워하지 아니하면 또한 군자
가 아니겠는가?]

* 學而不思則罔하고 思而不學則殆니라.

[배우고 생각하지 않으면 확실한 것이 못 되고, 생각만 하고
배우지 않으면 위태롭다.]

* 知之者는 不如好之者니라, 好之者는 不如樂之者니라.

[아는 것은 좋아하는 것만 못하고, 좋아하는 것은 즐기는 것
만 못하다.]

* 三人行에 必有我師라 擇其善者而 從之하고 其不善者而 改之라.

[세 사람이 행동하면 반드시 나의 스승이 있다. 좋은 것은 선택하여 따라하면 되고, 나쁜 것은 고치면 되는 것이다.]

* 知者不惑하고 仁者不憂하며 勇者不懼니라.

[아는 사람은 혹되지 않고, 어진 이는 걱정하지 않으며, 용감한 사람은 두려워하지 않는다.]

(2) [孟子]

* 富貴不能淫하며 貧賤不能移 威武不能屈이 此之謂大丈夫니라.

[부귀도 그 마음을 유혹하지 못하고, 빈천도 그의 지조를 바꾸지 못하고, 위엄과 무력으로도 그의 뜻을 굴복시키지 못하는 것, 이것을 대장부라 한다.]

* 父母俱存하며 兄弟無故一樂也라.

[부모님이 모두 건재하고 형제에 사고가 없는 것이 제일의 낙이다.]

* 仰不愧於天하며 俯不怍於人이 二樂也라.

[우러러 하늘에 부끄러움이 없고, 굽어보아 사람에게 부끄럽지 않는 것이 제이의 낙이다.]

* 得天下英才而教育之三樂也니라.
[천하의 뛰어난 인재를 얻어서 교육하는 것이 제삼의 낙이다.]

(3) [大學]

* 大學之道는 在明明德하며 在親民하며 在止於至善이니라.
[대학의 도는 밝은 덕을 밝히는 데 있으며 백성을 새롭게 함에 있으며, 지극한 선에 머무름에 있다.]

* 八條目 : 格物 致知 誠意 正心 修身 齊家 治國 平天下
[8조목 : 격물 치지 성의 정심 수신 제가 치국 평천하]

* 物有本末하고 事有終始하니, 知所先後則 近道矣니라.
[만물에는 근본과 말단이 있고, 일에는 끝과 시작이 있으니, 먼저 하고 나중 할 바를 알면 도에 가깝다.]

* 苟日新이어든 日日新하고 又日新이라.
[진실로 날로 새로워지면 나날이 새로워지고 또 날로 새롭게 하라.]

(4) [中庸]

* 天命之謂性이요 率性之謂道요 修道之謂教니라.
[하늘이 명한 것을 성이라 하고, 성에 따르는 것을 도라 하고

도를 닦는 것을 교라 한다.]

 * 君子는 和而不流하니라.
[군자는 화하면서도 흐르지 않는다.]

 * 言顧行하며 行顧言이니라.
[말은 행동을 돌아보고, 행동은 말을 돌아보아야 한다.]

 * 誠者는 物之終始이니 不誠이면 無物이라.
[정성이란 것은 만물의 처음이요 끝이니, 정성됨이 아니라면
만물은 없는 것이다.]

2) 敎訓과 勸學

(1) [朱子十悔] : 주자의 후회에 대한 열 가지 가르침
 * 不孝父母死後悔(불효부모사후회)
[부모에게 효도하지 않으면 돌아가신 뒤 뉘우친다.]

 * 不親家族疎後悔(불친가족소후회)
[가족에게 친절하지 않으면 멀어진 뒤에 뉘우친다.]

 * 少不勤學老後悔(소불근학노후회)
[젊을 때 부지런히 배우지 않으면 늙어서 뉘우친다.]

* 安不思難敗後悔(안불사난패후회)

[편할 때 어려움을 생각하지 않으면 실패한 뒤에 뉘우친다.]

* 富不儉用貧後悔(부불검용빈후회)

[부자일 때 아껴 쓰지 않으면 가난해진 뒤에 뉘우친다.]

* 春不耕種秋後悔(춘불경종추후회)

[봄에 씨를 경작하지 않으면 가을에 뉘우친다.]

* 不治垣墻盜後悔(불치원장도후회)

[담장을 고치지 않으면 도둑맞은 후에 뉘우친다.]

* 色不謹愼病後悔(색불근신병후회)

[색을 삼가지 않으면 병든 후에 뉘우친다.]

* 醉中妄言醒後悔(취중망언성후회)

[술 취할 때 함부로 한 말은 술 깬 뒤에 뉘우친다.]

* 不接賓客去後悔(부접빈객거후회)

[손님을 접대하지 않으면 간 뒤에 뉘우친다.]

(2) [勸學文] : 젊은 시절에 학문을 열심히 닦을 것을 권장하는 글

■ 朱文公勸學文(주문공권학문) : 朱文公은 朱熹를 뜻한다.

<1>

勿謂今日不學而有來日(물위금일불학이유내일)하고
[오늘 배우지 않아도 내일이 있다고 말하지 마라.]
勿謂今年不學而有來年(물위금년불학이유내년)이라.
[금년에 배우지 않아도 내년이 있다고 말하지 마라.]
日月逝矣(일월서의)나, **歲不我延**(세불아연)이니
[해와 달은 간다. 나를 위해 연기하지 않는다.]
嗚呼老矣(오호노의)라, **是誰之愆**(시수지건)고.
[아아! 늙었도다. 이것이 누구의 허물인고?]

┌─ 한자풀이 ─────────────────────

勿말 물 謂말할 위 今이제 금 日날 일 不아닐 불 學배울 학
而말이을 이 有있을 유 來올 래 日날 일 年해 년 月달 월 逝갈 서
矣어조사 의 歲세월 세 我나 아 延연기 연 嗚슬플 오 呼부를 호
老늙을 노 是이 시 誰누구 수 愆허물 건

└────────────────────────────

<2>

少年易老 學難成(소년이로 학난성)
[소년은 쉽게 늙고 학문은 이루기 어려우니]
一寸光陰 不可輕(일촌광음 불가경)
[순간의 세월을 헛되이 보내지 마라.]
未覺池塘 春草夢(미각지당 춘초몽)
[연못가의 봄풀이 미처 꿈도 깨지 못하여서]
階前梧葉 已秋聲(계전오엽 이추성)
[뜰 앞의 오동잎이 이미 가을 소리를 전하도다.]

少젊을 소 年해 년 易쉬울 이 老늙을 로 學배울 학 難어려울 난
成이룰 성 一한 일 寸마디 촌 光빛 광 陰그늘 음 不아니 불
可옳을 가 輕가벼울 경 未아닐 미 覺깨달을 각 池못 지 塘연못 당
春봄 춘 草풀 초 夢꿈 몽 階섬돌 계 前앞 전 梧오동나무 오
葉나무 엽 已이미 이 秋가을 주 聲소리 성

▣ 白樂天勸學文(백낙천권학문)

有田不耕倉廩虛(유전불경창름허)하고
[밭이 있어도 갈지 않으면 곳간이 비고]
有書不敎子孫愚(유서불교자손우)라.
[책이 있어도 가르치지 않으면 자식이 어리석고]
倉廩虛兮(창름허혜)여 歲月乏(세월핍)하고
[곳간이 비면, 살림이 구차해져 어렵게 되고]
子孫愚兮(자손우혜)여 禮義踈(예의소)라.
[자손이 어리석으면 예의에 어두워진다.]
若惟不耕與不敎(약유불경여불교)면
[만약 밭을 갈지도 않고, 자식을 가르치지도 않으면]
是乃父兄之過歟(시내부형지과여)인저.
[이것은 부형의 잘못이다.]

有있을 유 田밭 전 不아니 불 耕밭갈 경 倉곳집 창 廩창고 름
虛빌 허 書글 서 敎가르칠 교 子아들 자 孫손자 손 愚어리석을 우
歲세월 세 月달 월 乏모자랄 핍 禮예도 예 義옳을 의 踈드물 소
若만약 약 惟오로지 유 與더불 여 是이 시 乃이에 내 父아비 부
兄맏 형 過허물 과 歟어조사 여

▣ 勸學詩(권학시)

陶淵明(도연명)

盛年不重來하니
[한 해는 두 번 오지 않고]
一日難再晨이라.
[하루에는 두 번 새벽이 오지 않으니]
及時當勉勵하니
[때를 만나 열심히 공부해서]
歲月不待人이라.
[세월은 사람을 기다려주지 않네.]

─ 한자풀이 ─

盛성할 성 年해 년 不아니 불 重거듭 중 來올 래 一한 일 日날 일
難어려울 난 再두 재 晨새벽 신 及미칠 급 時때 시 當마땅히 할 당
勉힘쓸 면 勵힘쓸 려 歲세월 세 月달 월 不아니 불 待기다릴 대
人사람 인

6장

故事成語 및
四字成語

故事成語 및 四字成語 _{6장}

1. 原文 풀이로 보는 故事成語

1) 守株待兎

☞ 우연히 그루터기에 부딪쳐 죽은 토끼를 보고 요행을 바라는 어리석은 사람의 이야기로 융통성이 없음을 뜻한다.

宋人에 有耕田者러니 田中有株하여 兎走觸株하여 折頸而死라. 因釋其未而守株하여 冀復得兎나 不可復得이오, 而身爲宋國笑러라(韓非子).

→ 송나라 사람 중에 밭을 가는 사람이 있었는데, 밭 가운데 그루터기가 있어서 토끼가 달리다가 그루터기에 부딪쳐 목이 부러져 죽었다. 그 일로 인하여 그 쟁기를 놓아두고 그루터기를 지키면서 다시 토끼 얻기를 바랐으나, 토끼를 다시 얻을 수 없었고 자신은 송나라 사람들에게 웃음거리가 되었다.

有耕田者(있을 유, 밭갈 경, 밭 전, 놈 자)
　　　밭 가는 사람이 있다.

田中有株(밭 전, 가운데 중, 있을 유, 그루터기 주)
　　　밭 가운데 그루터기가 있다.

兎走觸株(토끼 토, 달릴 주, 닿을 촉, 그루터기 주)
　　　토끼가 달려가다가 그루터기에 부딪치다.

折頸而死(꺾을 절, 목 경, 어조사 이, 죽을 사)
　　　목이 부러져서 죽다.

因釋其耒而守株(인할 인, 풀 석, 그 기, 쟁기 뢰, 어조사 이, 지킬
　　　　　　수, 그루터기 주)
　　　인하여 그 쟁기를 놓고서 그루터기를 지키다.

冀復得兎(바랄 기, 다시 부, 얻을 득, 토끼 토)
　　　다시 토끼 얻기를 바라다.

不可復得(아니 불, 옳을 가, 다시 부, 얻을 득)
　　　토끼를 다시 얻지 못하다.

而身爲宋國笑(어조사 이, 몸 신, 하 위, 나라이름 송, 나라 국, 웃을 소)
　　　그 자신은 송나라 사람들의 웃음거리가 되다.

2) 指鹿爲馬

　☞ 진나라 시황제의 아들 호해가 왕위에 오르자 승상 조고가
　　윗사람인 황제를 농락하여 권세를 자기 마음대로 휘두른
　　다는 이야기이다. 즉 권력을 가진 자가 불의를 저지르는
　　행태를 말하고 있다.

丞相趙高가 欲專權이나 恐群臣不聽하여
乃先設驗하여 指鹿獻於二世曰 "馬也라." 하니
二世가 笑曰 "丞相이 誤耶아? 指鹿爲馬로다." 하고
問左右하니 或黙或言하더라(十八史略).

→ 승상 조고가 권력을 마음대로 휘두르려고 하나 여러 신하들이 듣
지 않을까 두려워하여 이에 먼저 시험 삼아 사슴을 가지고 2세에
게 바치면서 말하기를 "말입니다." 하니 2세가 웃으면서 말하기를
"승상이 잘못 알았는가? 사슴을 가리키며 말이라고 하는구려." 하
고 좌우에 있는 신하들에게 물으니 어떤 이는 묵묵히 있었고, 어
떤 이는 (사슴이라고) 말했다.

┌─ 본문한자 풀이 및 어구풀이 ─────────

丞相趙高(정승 승, 재상 상, 나라이름 조, 높을 고)
　　　　승상 조고
欲專權(하고자 할 욕, 오로지 전, 권세 권)
　　　　권력을 마음대로 휘두르려고 하다.
恐群臣不聽(두려워할 공, 무리 군, 신하 신, 아니 불, 들을 청)
　　　　여러 신하들이 듣지 않을까 두려워하다.
乃先設驗(이에 내, 먼저 선, 베풀 설, 시험할 험)
　　　　이에 먼저 시험 삼아 해 보다.
指鹿獻於二世曰 "馬也"(가리킬 지, 사슴록, 드릴 헌, 어조사 어,
　　　　　　　　　　두 이, 인간 세, 가로 왈, 말 마, 어조사 야)
　　　　사슴을 가지고 2세에게 바치면서 "말이다."
　　　　라고 말하다.
二世笑曰(두 이, 인간 세, 웃을 소, 가로 왈)
　　　　2세가 웃으면서 말하다.
丞相誤耶(정승 승, 재상 상, 그릇 오, 어조사 야)
　　　　"승상이 잘못 알았는가?"

指鹿爲馬(가리킬 지, 사슴 록, 하 위, 말 마)
　　"사슴을 가리켜 말이라고 하는구나."
問左右(물을 문, 왼 좌, 오른 우)
　　좌우에 있는 (신하에게) 묻다.
或黙或言(혹 혹, 잠잠할 묵, 어떤 혹, 말씀 언)
　　어떤 이는 묵묵히 있고, 어떤 이는 (사슴이라고) 말하다.

3) 登龍門

　☞ 어려운 난관을 돌파하고 좋은 기회를 얻음. 또는 입신출세
　　의 관문이라는 말로 쓰인다.

河津은 一名龍門이니 水險不通하고 魚鼈之屬도 莫能上이라. 江海
大魚가 薄集龍門下數千이로되 不得上이요, 上則爲龍이라(後漢書).

→ 하진은 일명 용문이니, 물이 험하여 (배가) 통하지 못하고, 물고기
　나 자라 따위도 올라갈 수가 없었다. 강과 바다의 큰 물고기들이
　용문 아래에 수천 마리나 모여들었으나 올라갈 수가 없었고, 오르
　기만 하면 용이 되었다.

┌─ 본문한자 풀이 및 어구풀이 ─
河津(물 하, 나루 진)
　　지명 하진
一名龍門(한 일, 이름 명, 용 용, 문 문)
　　일명 용문이라 한다.
水險不通(물 수, 험할 험, 아니 불, 통할 통)
　　물이 험하여 (배가) 통하지 못한다.

魚鼈之屬(고기 어, 자라 별, 갈 지, 무리 속)
　　　　고기와 자라와 같은 무리도
莫能上(아닐 막, 능할 능, 위 상)
　　　　능히 오르지 못하다.
江海大魚(물 강, 고기 어, 큰 대, 고기 어)
　　　　강과 바다의 큰 고기
薄集龍門下數千(모일 박, 모일 집, 용 용, 문 문, 아래 하, 수 수, 일천 천)
　　　　용문 아래 수천 마리들이 모여 들다.
不得上(아니 불, 얻을 득, 위 상)
　　　　올라갈 수가 없다.
上則爲龍(위 상, 곧 즉, 하 위, 용 용)
　　　　올라가면 곧 용이 되었다.

2. 主要 故事成語 및 四字成語

家家戶戶	집 가, 집 가 집 호, 집 호	집집마다
街談巷說	거리 가, 말씀 담 거리 항, 말씀 설	길거리에 떠도는 소문
苛斂誅求	가혹할 가, 거둘 렴 벨 주, 구할 구	세금 같은 것을 가혹하게 받고 국민을 못살게 구는 일
佳人薄命	아름다울 가, 사람 인 엷을 박, 목숨 명	아름다운 사람은 운명이 기박함
刻骨難忘	새길 각, 뼈 골 어려울 난, 잊을 망	은덕을 입은 고마움이 마음깊이 새겨져 잊혀지 지 아니함
刻舟求劍	새길 각, 배 주 구할 구, 칼 검	어리석고 융통성이 없음
肝膽相照	간 간, 쓸개 담 서로 상, 비칠 조	서로의 마음을 터놓고 사귐
甘言利說	달 감, 말씀 언 이할 이, 말씀 설	남의 비유에 맞게 꾸민 말과 이로운 조건을 붙여 꾀는 말
甘呑苦吐	달 감, 삼킬 탄 쓸 고, 토할 토	달면 삼키고 쓰면 뱉음
甲論乙駁	갑옷 갑, 논할 론 새 을, 논박할 박	자기의 주장을 세우고 남의 주장을 반박함
康衢煙月	편안 강, 네거리 구 연기 연, 달 월	태평한 시대의 평화로운 풍경
改過遷善	고칠 개, 지날 과 옮길 천, 착할 선	허물을 고치어 착하게 됨
居安思危	살 거, 편안 안 생각 사, 위태할 위	편안히 살 때 닥쳐올 위태로움을 생각함
乾坤一擲	하늘 건, 땅 곤 한 일, 던질 척	흥망성패를 걸고 단판 싸움을 함
格物致知	격식 격, 물건 물 이를 치, 알 지	사물의 이치를 구명하여 자기의 지식을 확고 하게 함
牽强附會	이끌 견, 강할 강 붙을 부, 모일 회	이치에도 닿지 않는 것을 억지로 끌어다 붙임
見利思義	볼 견, 이할 리 생각 사, 옳을 의	눈앞에 이익이 보일 때 의리를 생각함

見蚊拔劍	볼 견, 모기 문 뽑을 발, 칼 검	모기를 보고 칼을 뺌
見物生心	볼 견, 물건 물 날 생, 마음 심	물건을 보고 욕심이 생김
見危致命	볼 견, 위태할 위 이를 치, 목숨 명	나라가 위급하면 목숨을 바침
結者解之	맺을 결, 놈 자 풀 해, 갈 지	자기가 저지른 일은 자기가 해결해야 함
結草報恩	맺을 결, 풀 초 갚을 보, 은혜 은	죽어서라도 은혜를 갚음
謙讓之德	겸손할 겸, 사양할 양 갈 지, 큰 덕	겸손하고 사양하는 미덕
兼人之勇	겸할 겸, 사람 인 갈 지, 날랠 용	몇 사람을 능히 당해낼 만한 용기
輕擧妄動	가벼울 경, 들 거 망령될 망, 움직일 동	경솔하고 망령된 행동
傾國之色	기울 경, 나라 국 갈 지, 빛 색	뛰어나게 아름다운 미인을 일컫는 말
敬而遠之	공경 경, 말 이을 이 멀 원, 갈 지	겉으로는 공경하는 체하면서 속으로는 멀리함
季札掛劍	계절 계, 편지 찰 걸 괘, 칼 검	신의를 중히 여김
季布一諾	끝 계, 베풀 포 한 일, 허락할 낙	한번 한 약속은 지킴
孤掌難鳴	외로울 고, 손바닥 장 어려울 난, 울 명	혼자서 할 수 없고 협력해야 일이 이루어짐
苦盡甘來	쓸 고, 다할 진 달 감, 올 래	괴로움이 다하면 즐거움이 옴
曲學阿世	굽을 곡, 배울 학 언덕 아, 인간 세	학문을 왜곡하여 세속에 아부함
骨肉相爭	뼈 골, 고기 육 서로 상, 다툴 쟁	뼈와 살이 서로 싸운다는 말로, 형제(兄弟)나 같은 민족(民族)끼리 서로 다툼을 뜻함.
公卿大夫	공평할 공, 벼슬 경 큰 대, 지아비 부	삼공과 구경 등 벼슬이 높은 사람들
誇大妄想	자랑할 과, 큰 대 망령될 망, 생각 상	턱없이 과장하여 그것을 믿는 망령된 생각
過猶不及	지날 과, 오히려 유 아닐 불, 미칠 급	정도를 지나침은 미치지 못한 것과 같음

瓜田李下	오이 과, 밭 전 오얏 리, 아래 하	의심받을 행동을 하지 말라
管鮑之交	대롱 관, 절인어물 포 갈 지, 사귈 교	우정이 깊은 사귐
刮目相對	비빌 괄, 눈 목 서로 상, 대할 대	남의 학식이나 재주가 갑자기 느는 것을 보여 인식을 새롭게 함
矯角殺牛	바로잡을 교, 뿔 각 죽일 살, 소 우	작은 일로 인해 큰일을 그르침
巧言令色	공교로울 교, 말씀 언 하여금 영, 빛 색	교묘한 말과 아첨하는 얼굴빛
教外別傳	가르칠 교, 바깥 외 나눌 별, 전할 전	마음에서 마음으로 전함, 이심전심
九曲肝腸	아홉 구, 굽을 곡 간 간, 창자 장	굽이굽이 사무친 마음속
救國干城	구원할 구, 나라 국 방패 간, 재 성	나라를 구하여 지키는 믿음직한 군인이나 인물
口蜜腹劍	입 구, 꿀 밀 배 복, 칼 검	입으로는 좋은 말을 하지만 속으로는 해칠 생각을 함
九死一生	아홉 구, 죽을 사 한 일, 날 생	꼭 죽을 고비에서 살아남
口尚乳臭	입 구, 오히려 상 젖 유, 냄새 취	입에서 아직 젖내가 난다는 뜻
九牛一毛	아홉 구, 소 우 한 일, 터럭 모	아주 큰 물건 속에 있는 아주 작은 물건
九折羊腸	아홉 구, 꺾을 절 양 양, 창자 장	아홉 번 꺾인 양의 창자, 꼬불꼬불하고 험한 산길
群鷄一鶴	무리 군, 닭 계 한 일, 학 학	많은 사람들 중의 뛰어난 인물
群雄割據	무리 군, 수컷 웅 벨 할, 근거 거	많은 영웅들이 각지에 자리 잡고 서로 세력을 다툼
君子三樂	임금 군, 아들 자 석 삼, 즐거울 락	군자에게 세 가지 즐거움이 있음
權謀術數	권세 권, 꾀 모 재주 술, 셈 수	그때그때의 형편에 따라 변통성 있게 둘러대는 모략이나 수단
捲土重來	말 권, 흙 토 무거울 중, 올 래	한 번 패한 자가 힘과 전력을 다하여 다시 쳐들 어옴
近墨者黑	가까울 근, 먹 묵 놈 자, 검을 흑	악한 사람을 가까이 하면 그 버릇에 물들기 쉬움

金科玉條	쇠 금, 과목 과 구슬 옥, 가지 조	몹시 귀중한 법칙이나 규정
金蘭之契	쇠 금, 난초 란 갈 지, 맺을 계	친구 사이의 우의가 두터움
錦上添花	비단 금, 위 상 더할 첨, 꽃 화	좋은 일이 겹침
錦衣夜行	비단 금, 옷 의 밤 야, 다닐 행	비단옷을 입고 밤에 감, 아무 보람이 없는 행동
錦衣還鄉	비단 금, 옷 의 돌아갈 환, 고향 향	출세를 하여 고향에 돌아옴
其利斷金	그 기, 이로울 리 끊을 단, 쇠 금	절친한 친구 사이
難兄難弟	어려울 난, 맏 형 어려울 난, 아우 제	형인지 아우인지 분간하기 어려움
南柯一夢	남녘 남, 가지 가 한 일, 꿈 몽	한때의 헛된 부귀
男負女戴	사내 남, 짐질 부 계집 녀, 일 대	남자는 짊어지고 여자는 이고 다님, 가난한 사람들이 떠도는 것
囊中之錐	주머니 낭, 가운데 중 갈 지, 송곳 추	뛰어난 재주는 숨기려 해도 저절로 드러남
內憂外患	안 내, 근심 우 바깥 외, 근심 환	나라 안팎의 근심 걱정
內柔外剛	안 내, 부드러울 유 바깥 외, 굳셀 강	사실은 마음이 약한데도, 외부에는 강하게 나타남
老馬之智	늙을 노, 말 마 갈 지, 슬기 지	아무리 하찮은 것도 장기나 장점을 가지고 있음
勞心焦思	힘쓸 노, 마음 심 그을릴 초, 생각 사	애를 써 속을 태움
綠陰芳草	푸를 녹, 그늘 음 꽃다울 방, 풀 초	푸른 나무 그늘과 꽃다운 풀
論功行賞	논할 논, 공 공 다닐 행, 상줄 상	세운 공을 논하여 상을 줌
弄璋之慶	희롱할 농, 홀 장 갈 지, 경사 경	아들을 낳은 경사
累卵之勢	여러 누, 알 난 갈이지, 형세 세	몹시 위태로운 형세
多岐亡羊	많을 다, 갈림길 기 망할 망, 양 양	학문의 길이 여러 갈래라 진리를 찾기 어려움

多多益善	많을 다, 많을 다 더할 익, 착할 선	많으면 많을수록 좋음
斷金之交	끊을 단, 쇠 금 갈 지, 사귈 교	쇠를 자를 정도로 절친한 친구 사이를 말함
斷機之戒	끊을 단, 틀 기 갈 지, 경계할 계	학문을 중도에서 그만둠에 대한 훈계의 뜻
單刀直入	홑 단, 칼 도 곧을 직, 들 입	요점을 바로 말하여 들어감
丹脣皓齒	붉을 단, 입술 순 흴 호, 이 치	붉은 입술과 하얀 이란 뜻으로 여자의 아름다운 얼굴을 이르는 말
螳螂拒轍	사마귀 당, 사마귀 랑 막을 거, 바퀴 철	제 분수도 모르고 강적에게 반항함
大器晩成	큰 대, 그릇 기 늦을 만, 이룰 성	크게 될 인물은 오랜 공적을 쌓아 늦게 이루어짐
大義滅親	큰 대, 옳을 의 멸할 멸, 친할 친	국가의 대의를 위해서는 사적인 감정은 돌보지 않음
徒勞無益	무리 도, 일할 로 없을 무, 더할 익	애만 쓰고 이로움이 없음
道聽塗說	길 도, 들을 청 전할 도, 말씀 설	길거리에 떠돌아다니는 뜬소문
塗炭之苦	길 도, 숯 탄 갈 지, 쓸 고	백성들이 매우 고생함
讀書三到	읽을 독, 글 서 석 삼, 이를 도	독서하는 데는 눈으로 보고, 입으로 읽고, 마음 으로 깨우쳐야 함
同價紅裳	같을 동, 값 가 붉을 홍, 치마 상	같은 값이면 다홍치마
同苦同樂	같을 동, 쓸 고 같을 동, 즐길 락	괴로움과 즐거움을 함께 함
棟梁之材	마루 동, 들보 량 갈 지, 재목 재	훌륭한 인재
東問西答	동녘 동, 물을 문 서녘 서, 대답 답	묻는 말에 대하여 아주 딴판의 소리로 대답함
同病相憐	같을 동, 병 병 서로 상, 불쌍할 련	처지가 서로 비슷한 사람끼리 동정함
東奔西走	동녘 동, 달릴 분 서녘 서, 달릴 주	부산하게 이리저리 돌아다님
同床異夢	같을 동, 평상 상 다를 이, 꿈 몽	같은 잠자리에서 다른 꿈을 꿈

杜門不出	막을 두, 문 문 아닐 불, 날 출	세상과 인연을 끊고 나가지 않음
登高自卑	오를 등, 높을 고 스스로 자, 낮을 비	무슨 일이든 순서가 있음
燈下不明	등 등, 아래 하 아닐 불, 밝을 명	가까이 있는 것을 모름
燈火可親	등 등, 불 화 옳을 가, 친할 친	가을밤은 등불을 가까이 두고 글 읽기에 좋다는 말
磨斧作針	갈 마, 도끼 부 지을 작, 바늘 침	어려운 일이라도 꾸준히 계속하면 언젠가는 이룰 수 있음
馬耳東風	말 마, 귀 이 동녘 동, 바람 풍	남의 말을 귀담아 듣지 아니하고 지나쳐 흘려버림
莫逆之友	없을 막, 거스를 역 갈 지, 벗 우	거역할 수 없는 친한 벗
萬頃蒼波	일만 만, 이랑 경 푸를 창, 물결 파	한없이 넓고 푸른 바다
罔極之恩	없을 망, 극진할 극 갈 지, 은혜 은	다함이 없는 임금이나 부모의 큰 은혜
亡羊補牢	망할 망, 양 양 도울 보, 우리 뢰	소 잃고 외양간 고친다
望雲之情	바랄 망, 구름 운 갈 지, 뜻 정	자식이 타향에서 부모를 그리는 정
麥秀之嘆	보리 맥, 빼어날 수 갈 지, 탄식할 탄	나라를 잃음에 대한 탄식
孟母三遷	맏 맹, 어미 모 석 삼, 옮길 천	맹자 어머니가 자식의 교육을 위해 세 번 이사함
面從腹背	낯 면, 좇을 종 배 복, 배반할 배	앞에서는 순종하는 체하고 돌아서는 딴마음을 먹음
滅私奉公	멸할 멸, 개인 사 받들 봉, 공평할 공	사를 버리고 공을 위하여 힘써 일함
明鏡止水	밝을 명, 거울 경 그칠 지, 물 수	고요하고 잔잔한 마음
名實相符	이름 명, 열매 실 서로 상, 부호 부	이름과 실상이 서로 들어맞음
明若觀火	밝을 명, 같을 약 볼 관, 불 화	불을 보듯이 환함
目不識丁	눈 목, 아닐 불 알 식, 고무래 정	낫 놓고 기역자도 모름

武陵桃源	호반 무, 언덕 릉 복숭아 도, 근원 원	속세를 떠난 별천지
無爲徒食	없을 무, 할 위 무리 도, 먹을 식	아무 하는 일 없이 먹기만 함
刎頸之交	목벨 문, 목 경 갈 지, 사귈 교	목이 잘리는 한이 있어도 마음을 변치 않고 사귀는 친한 사이
門前成市	문 문, 앞 전 이룰 성, 저자 시	권세가의 문 앞이 방문객으로 몹시 붐빔
文房四友	글월 문, 방 방 넉 사, 벗 우	종이, 붓, 먹, 벼루의 네 문방구
物外閒人	물건 물, 바깥 외 한가할 한, 사람 인	세상의 시끄러움에서 벗어나 한가하게 지내는 사람
尾生之信	꼬리 미, 날 생 갈 지, 믿을 신	약속을 굳게 지킴, 고지식하여 융통성이 없음
美風良俗	아름다울 미, 바람 풍 어질 양, 풍속 속	아름답고 좋은 풍속
盤根錯節	소반 반, 뿌리 근 어긋날 착, 마디 절	엉켜서 해결하기 어려운 사건
反哺之孝	돌이킬 반, 먹을 포 갈 지, 효도 효	자식이 자라서 부모를 봉양함
拔本塞源	뽑을 발, 근본 본 막힐 색, 근원 원	폐단이 되는 근원을 뽑아 버림
傍若無人	곁 방, 같은 약 없을 무, 사람 인	제 세상인 듯 함부로 날뜀
背水之陣	등 배, 물 수 갈 지, 진칠 진	필승을 기하여 목숨을 걸고 싸움
背恩忘德	배반할 배, 은혜 은 잊을 망, 큰 덕	은혜를 잊고 도리어 배반함
百年大計	일백 백, 해 년 큰 대, 셀 계	먼 훗날까지 걸친 큰 계획
百年河淸	일백 백, 해 년 물 하, 맑을 청	아무리 기다려도 가망 없는 사태가 바로 잡히기 어려움
白面書生	흰 백, 낮 면 글 서, 날 생	글만 읽고 세상일에 경험이 없는 사람
伯牙絶絃	맏 백, 어금니 아 끊을 절, 줄 현	친한 벗을 잃음
百戰百勝	일백 백, 싸움 전 일백 백, 이길 승	싸울 때마다 반드시 이김

百折不屈	일백 백, 꺾을 절 아니 불, 굽을 굴	백 번 꺾어도 굽히지 않음
伯仲之勢	맏 백, 버금 중 갈 지, 형세 형	우열을 가리기 어려움
百尺竿頭	일백 백, 자 척 낚싯대 간, 머리 두	위태롭고 어려운 지경에 이름
夫唱婦隨	지아비 부, 부를 창 며느리 부, 따를 수	부부의 화합을 뜻함
附和雷同	붙을 부, 화할 화 우레 뇌, 같을 동	주관이 없이 남들의 언행에 덩달아 쫓음
北窓三友	북녘 북, 창 창 석 삼, 벗 우	거문고와 시와 술을 일컬음
粉骨碎身	가루 분, 뼈 골 부술 쇄, 몸 신	곧 목숨을 걸고 최선을 다함
焚書坑儒	불사를 분, 글 서 구덩이 갱, 선비 유	가혹한 법과 혹독한 정치
不立文字	아니 불, 설 립 글월 문, 글자 자	마음에서 마음으로 전함, 이심전심
不問可知	아닐 불, 물을 문 옳을 가, 알 지	묻지 않아도 능히 알 수 있음
不問曲直	아니 불, 물은 문 굽을 곡, 곧을 직	옳고 그르고를 묻지 않고 다짜고짜로
不撤晝夜	아닐 불, 거둘 철 낮 주, 밤 야	밤낮을 가리지 않음
不恥下問	아닐 불, 부끄러울 치 아래 하, 물을 문	아랫사람에게 묻기를 부끄러워하지 않음
氷炭之間	얼음 빙, 숯 탄 갈 지, 사이 간	서로 화합할 수 없는 사이
四顧無親	넉 사, 돌아볼 고 없을 무, 친할 친	사방을 둘러보아도 친한 사람이 없음
四面楚歌	넉 사, 낮 면 초나라 초, 노래 가	사방이 다 적에게 싸여 도움이 없이 고립됨
四分五裂	넉 사, 나눌 분 다섯 오, 찢을 열	여러 쪽으로 찢어져 어지럽게 분열됨
四通五達	넉 사, 통할 통 다섯 오, 통달할 달	길이나 교통망 통신망 등이 사방으로 막힘없이 통함
事必歸正	일 사, 반드시 필 돌아갈 귀, 바를 정	무슨 일이나 결국 옳은 이치대로 돌아감

山戰水戰	메 산, 싸움 전 물 수, 싸움 전	산에서의 전투와 물에서의 전투를 다 겪음
山海珍味	메 산, 바다 해 보배 진, 맛 미	산과 바다에서 나는 것으로 만든 맛 좋은 음식
殺身成仁	죽일 살, 몸 신 이룰 성, 어질 인	목숨을 버려 어진 일을 이룸
三顧草廬	석 삼, 돌아볼 고 풀 초, 농막집 려	인재를 맞기 위해 참을성 있게 힘씀
三尺童子	석 삼, 자 척 아이 동, 아들 자	키가 석자에 불과한 자그만 어린애, 곧 어린아이
桑田碧海	뽕나무 상, 밭 전 푸를 벽, 바다 해	세상의 일이 덧없이 바뀜
塞翁之馬	변방 새, 늙은이 옹 갈 지, 말 마	세상일은 복이 될지 화가 될지 알 수 없음
先見之明	먼저 선, 볼 견 갈 지, 밝을 명	앞일을 미리 내다보는 밝은 슬기
先公後私	먼저 선, 공평할 공 뒤 후, 사사 사	공적인 일을 먼저하고 사적인 일을 뒤로 미룸
善男善女	착할 선, 사내 남 착할 선, 계집 녀	보통사람
雪上加霜	눈 설, 위 상 더할 가, 서리 상	불행한 일이 거듭하여 겹침
束手無策	묶을 속, 손 수 없을 무, 꾀 책	어찌 할 도리 없이 꼼짝 못 함
送舊迎新	보낼 송, 옛 구 맞을 영, 새 신	묵은해를 보내고 새해를 맞음
首丘初心	머리 수, 언덕 구 처음 초, 마음 심	여우가 죽을 때 고향 쪽으로 머리를 둔다는 데서 유래한 고향을 생각하는 마음
壽福康寧	목숨 수, 복 복 편안 강, 편안할 녕	오래 살고 복되며, 몸이 건강하고 편안함
袖手傍觀	소매 수, 손 수 곁 방, 볼 관	팔짱을 끼고 보고만 있음
修身齊家	닦을 수, 몸 신 가지런할 제, 집 가	행실을 닦고 집안을 바로잡음
水魚之交	물 수, 고기 어 갈 지, 사귈 교	고기와 물과의 사이처럼 떨어질 수 없는 특별한 친분
水滴穿石	물 수, 물방울 적 뚫을 천, 돌 석	작은 노력이라도 끈기 있게 계속하면 큰일을 이룸

脣亡齒寒	입술 순, 망할 망 이 치, 찰 한	가까운 사람이 망하면 다른 사람도 영향을 받음
是是非非	옳을 시, 옳을 시 아닐 비, 아닐 비	옳고 그름을 가리어 밝힘
始終如一	비로소 시, 마칠 종 같을 여, 한 일	처음이나 나중이 한결같아서 변함없음
識字憂患	알 식, 글자 자 근심 우, 근심 환	학식이 도리어 근심을 이끌어 옴
信賞必罰	믿을 신, 상줄 상 반드시 필, 벌할 벌	공이 있는 사람에게는 상을 주고 죄가 있는 사람에게는 벌을 줌
身言書判	몸 신, 말씀 언 글 서, 판단할 판	인물을 선택하는 네 가지 조건, 몸, 말씨, 글씨, 판단력
神出鬼沒	귀신 신, 날 출 귀신 귀, 빠질 몰	자유자재로 출몰하여 그 변화를 헤아릴 수 없음
深思熟考	깊을 심, 생각 사 익을 숙, 생각할 고	깊이 생각하고 곧 신중을 기하여 곰곰이 생각함
十常八九	열 십, 항상 상 여덟 팔, 아홉 구	열이면 여덟이나 아홉은 그러함
十匙一飯	열 십, 숟가락 시 한 일, 밥 반	여러 사람이 한 사람 구제하기는 쉬움
我田引水	나 아, 밭 전 끌 인, 물 수	제 논에 물대기, 자기에게 이롭게 함
安貧樂道	편안 안, 가난할 빈 즐길 낙, 길 도	구차한 중에도 편한 마음으로 도를 즐김
眼下無人	눈 안, 아래 하 없을 무, 사람 인	눈 아래 사람이 없음, 곧 교만하여 사람을 업신여김
暗中摸索	어두울 암, 가운데 중 본뜰 모, 찾을 색	어둠 속에서 손으로 더듬어 찾음
弱肉强食	약할 약, 고기 육 강할 강, 먹을 식	약한 놈이 강한 놈에게 먹힘
良禽擇木	어질 양, 새 금 가릴 택, 나무 목	현명한 사람을 자기 재능을 키워줄 사람을 가려서 섬김
羊頭狗肉	양 양, 머리 두 개 구, 고기 육	그럴 듯하게 내세우나 속은 음흉함
良藥苦口	좋을 양, 약 약 쓸 고, 입 구	좋은 말은 귀에 거슬림
梁上君子	들보 양, 위 상 임금 군, 아들 자	도둑을 점잖게 일컫는 말

漁父之利	어부 어, 아비 부 갈 지, 이로울 리	둘이 다투는 통에 제 삼자가 이익을 봄
言中有骨	말씀 언, 가운데 중 있을 유, 뼈 골	예사로운 말 속에 심상치 않은 뜻이 있음
易地思之	바꿀 역, 땅 지 생각 사, 갈 지	처지를 바꾸어 생각함
緣木求魚	인연 연, 나무 목 구할 구, 고기 어	되지 않을 일을 무리하게 하려고 함
五里霧中	다섯 오, 마을 리 안개 무, 가운데 중	도무지 종적을 알 수 없음
寤寐不忘	잠깰 오, 잠잘 매 아니 불, 잊을 망	늘 잊지 못함
烏飛梨落	까마귀 오, 날 비 배나무 이, 떨어질 락	일이 공교롭게 같이 일어나 남의 의심을 받게 됨
吳越同舟	오나라 오, 월나라 월 같을 동, 배 주	서로 원수지간인 사람이 한자리에 있음
烏合之衆	까마귀 오, 합할 합 갈 지, 무리 중	질서 없는 무리
溫故知新	따뜻할 온, 연고 고 알 지, 새 신	옛것을 익히어 새것을 앎
臥薪嘗膽	누울 와, 섶 신 맛볼 상, 쓸개 담	원수를 갚고자 고생을 참고 견딤
外柔內剛	바깥 외, 부드러울 유 안 내, 굳셀 강	겉으로 보기에는 부드러우나 속은 꿋꿋하고 강함
要領不得	허리 요, 목 령 아닐 부, 얻을 득	말이나 글의 요령을 잡을 수 없음
搖之不動	흔들릴 요, 갈 지 아니 불(부), 움직일 동	흔들어도 꼼짝 않음
龍頭蛇尾	용 용, 머리 두 뱀 사, 꼬리 미	시작이 좋고 나중은 나빠짐
愚公移山	어리석을 우, 공 공 옮길 이, 메 산	어떤 큰일이라도 끊임없이 노력하면 반드시 이룸
右往左往	오른 우, 갈 왕 왼 좌, 갈 왕	사방으로 왔다 갔다 함
牛耳讀經	소 우, 귀 이 읽을 독, 글 경	아무리 말해도 소용없음
遠禍召福	멀 원, 재앙 화 부를 소, 복 복	화를 멀리하고 복을 불러들임

月下氷人	달 월, 아래 하 얼음 빙, 사람 인	月下老와 氷上人이 합쳐진 말로 결혼 중매인을 일컬음
韋編三絶	가죽 위, 엮을 편 석 삼, 끊을 절	자기가 읽던 책 끈이 세 번이나 끊어졌다는 것에 서 유래한 것으로 공부를 열심히 한다는 뜻
有口無言	있을 유, 입 구 없을 무, 말씀 언	입은 있으나 말이 없다는 뜻
有名無實	있을 유, 이름 명 없을 무, 열매 실	이름뿐이고 실상은 없음
類類相從	무리 유, 무리 유 서로 상, 좇을 종	끼리끼리 사귐
陰德陽報	그늘 음, 큰 덕 볕 양, 갚을 보	남모르게 덕을 쌓은 사람은 뒤에 그 보답을 절로 받음
吟風弄月	읊을 음, 바람 풍 희롱할 농, 달 월	맑은 바람과 밝은 달을 노래함, 풍류를 즐긴다는 뜻
泣斬馬謖	울 읍, 벨 참 말 마, 일어날 속 (마속 : 인명)	눈물을 머금고 마속의 목을 벤다는 뜻으로 법의 공정을 지키기 위해 사사로운 정을 버림
以管窺天	써 이, 대롱 관 엿볼 규, 하늘 천	대롱을 통해 하늘을 봄, 우물 안 개구리
以心傳心	써 이, 마음 심 전할 전, 마음 심	말을 하지 않더라도 서로 마음이 통하여 앎
以熱治熱	써 이, 더울 열 다스릴 치, 더울 열	열로서 열을 다스림
二律背反	두 이, 법칙 율 배반할 배, 돌이킬 반	꼭 같은 근거를 가지고 정당하다고 주장되는 서로 모순되는 두 명제
仁者無敵	어질 인, 놈 자 없을 무, 대적할 적	어진 사람에게는 적이 없음
人之常情	사람 인, 갈 지 떳떳할 상, 뜻 정	사람이 누구나 가지는 보통의 인정
一擧兩得	한 일, 들 거 두 양, 얻을 득	한 가지 일을 하여 두 가지의 이득을 봄
一網打盡	한 일, 그물 망 칠 타, 다할 진	한번 그물을 쳐서 다 잡아들임
一瀉千里	한 일, 쏟을 사 일천 천, 마을 리	조금도 거침없이 빨리 진행됨
一魚濁水	한 일, 고기 어 흐릴 탁, 물 수	한 마리의 고기가 물을 흐림

一言之下	한 일, 말씀 언 갈 지, 아래 하	말을 한 마디로 끊음, 한마디로 딱 잘라 말함
一字千金	한 일, 글자 자 일천 천, 쇠 금	아주 빼어난 글이나 시문
一場春夢	한 일, 마당 장 봄 춘, 꿈 몽	한바탕 허무한 봄꿈
一觸卽發	한 일, 닿을 촉 곧 즉, 필 발	조금만 닿아도 곧 폭발할 것 같은 모양
日就月將	날 일, 나아갈 취 달 월, 장수 장	날로 발전하여 나아감
一片丹心	한 일, 조각 편 붉을 단, 마음 심	오로지 한 곳으로 향한, 한 조각의 붉은 마음
一筆揮之	한 일, 붓 필 휘두를 휘, 갈 지	단숨에 글씨나 그림을 죽 쓰거나 그림
一攫千金	한 일, 얻을 확 일천 천, 쇠 금	힘 안 들이고 한꺼번에 많은 재물을 얻음
臨機應變	임할 임, 틀 기 응할 응, 변할 변	그때그때의 일의 형편에 따라서 변통성 있게 처리함
臨戰無退	임할 임, 싸움 전 없을 무, 물러날 퇴	싸움에 임하여 물러섬이 없음
自家撞着	스스로 자, 집 가 칠 당, 붙을 착	앞뒤가 서로 어그러져 모순됨
自强不息	스스로 자, 힘쓸 강 아니 불, 쉴 식	스스로 힘쓰고 쉬지 아니함
自繩自縛	스스로 자, 노끈 승 스스로 자, 얽을 박	자기의 말이나 행동으로 자기가 얽혀 들어가 묶임
自暴自棄	스스로 자, 사나울 포 스스로 자, 버릴 기	스스로 자신을 학대하고 돌보지 아니함
自畵自讚	스스로 자, 그림 화 스스로 자, 기릴 찬	자기가 그린 그림을 칭찬한다는 말로 자기의 행위를 칭찬함
作心三日	지을 작, 마음 심 석 삼, 날 일	한번 결심한 것이 사흘을 가지 않음, 곧 결심이 굳지 못함
張三李四	성 장, 석 삼 성 이, 넉 사	평범한 인물들
才子佳人	재주 재, 아들 자 아름다울 가, 사람 인	재주가 있는 남자와 아름다운 여자
賊反荷杖	도둑 적, 돌이킬 반 멜 하, 지팡이 장	잘못한 자가 도리어 뻣뻣하게 나오는 것

戰戰兢兢	싸움 전, 싸움 전 떨릴 긍, 떨릴 긍	두려워서 벌벌 떨며 조심하는 모양
前代未聞	앞 전, 대신할 대 아닐 미, 들을 문	지금까지 들어본 일이 없는 새로운 일을 이르는 말
輾轉反側	돌아누울 전, 구를 전 돌이킬 반, 곁 측	이리저리 뒤척이며 잠을 이루지 못함
前程萬里	앞 전, 길 정 일만 만, 마을 리	나이가 젊어 장래가 유망함
轉禍爲福	구를 전, 재앙 화 할 위, 복 복	화가 바뀌어 복이 됨
切磋琢磨	끊을 절, 갈 차 다듬을 탁, 갈 마	학문과 기술을 닦음
切齒腐心	끊을 절, 이 치 썩을 부, 마음 심	몹시 분하여 이를 갈면서 속을 썩임
朝令暮改	아침 조, 하여금 령 저물 모, 고칠 개	무슨 일을 자주 변경함(= 朝變夕改)
朝三暮四	아침 조, 석 삼 저물 모, 넉 사	간사한 꾀로 사람을 농락함
鳥足之血	새 조, 발 족 갈 지, 피 혈	새 발의 피라는 뜻으로 물건의 적음을 나타내는 말
坐井觀天	앉을 좌, 우물 정 볼 관, 하늘 천	우물 안 개구리, 세상 물정을 너무 모름
主客顚倒	주인 주, 손 객 넘어질 전, 넘어질 도	입장이 서로 뒤바뀜
走馬加鞭	달릴 주, 말 마 더할 가, 채찍 편	달리는 말에 채찍질을 계속함
走馬看山	달릴 주, 말 마 볼 간, 메 산	바빠서 자세히 보지 못하고 지나침
酒池肉林	술 주, 못 지 고기 육, 수풀 림	호사스럽고 방탕한 술자리
竹馬故友	대 죽, 말 마 연고 고, 벗 우	어렸을 때부터 친하게 사귄 벗
衆寡不敵	무리 중, 적을 과 아닐 부, 대적할 적	적은 사람으로는 많은 사람을 이기지 못함
衆口難防	무리 중, 입 구 어려울 난, 막을 방	여러 사람의 말을 막기 어려움
知己之友	알 지, 몸 기 갈 지, 벗 우	서로 뜻이 통하는 친한 벗

指鹿爲馬	가리킬 지, 사슴 록 할 위, 말 마	윗사람을 농락하여 권세를 마음대로 함
知足不辱	알 지, 발 족 아니 불, 욕될 욕	분수를 지키는 이는 욕되지 아니함
至誠感天	이를 지, 정성 성 느낄 감, 하늘 천	지극한 정성에 하늘이 감동함
指呼之間	가리킬 지, 부를 호 갈 지, 사이 간	부르면 곧 대답할 만한 가까운 거리
進退兩難	나아갈 진, 물러날 퇴 두 양, 어려울 난	나아갈 수도 물러설 수도 없는 궁지에 빠짐 (=進退維谷)
創業守成	시작할 창, 업 업 지킬 수, 이룰 성	일을 시작하기는 쉬우나 이룬 것을 지키기는 어려움
滄海一粟	바다 창, 바다 해 한 일, 조 속	아주 큰 물건 속에 있는 작은 물건
天高馬肥	하늘 천, 높을 고 말 마, 살찔 비	하늘은 높고 말은 살찐다, 가을을 말함
天方地軸	하늘 천, 모 방 땅 지, 굴대 축	함부로 덤벙거림
天衣無縫	하늘 천, 옷 의 없을 무, 꿰맬 봉	문장이 훌륭하여 손 댈 곳이 없을 만큼 잘되었음
天人共怒	하늘 천, 사람 인 한 가지 공, 성낼 노	하늘과 땅이 함께 분노한다는 뜻
千載一遇	일천 천, 실을 재 한 일, 만날 우	다시 얻기 어려운 좋은 기회
靑雲之志	푸를 청, 구름 운 갈 지, 뜻 지	출세하고자 하는 뜻
靑天白日	푸를 청, 하늘 천 흰 백, 날 일	맑게 갠 하늘에서 밝게 비치는 해라는 뜻으로, ① 훌륭한 인물(人物)은 세상(世上) 사람들이 다 알아본다는 의미(意味)였으나 지금은 아무런 잘 못도 없이 결백(潔白)한 것 ② 또는 무죄(無罪)를 가리키는 말로 쓰임
靑出於藍	푸를 청, 날 출 어조사 어, 쪽풀 람	제자가 스승보다 나음
初志一貫	처음 초, 뜻 지 한 일, 꿸 관	처음 품은 뜻을 한결같이 꿰뚫음
寸鐵殺人	마디 촌, 쇠 철 죽일 살, 사람 인	짧은 말로 어떤 일의 급소를 찔러 사람을 크게 감동시킴

置之度外	둘 치, 갈 지 법도 도, 바깥 외	내버려 두고 상대하지 않음
七步之才	일곱 칠, 걸음 보 갈 지, 재주 재	아주 뛰어난 글재주
七顚八起	일곱 칠, 엎드릴 전 여덟 팔, 일어날 기	여러 번의 실패에도 굽히지 아니하고 다시 일어남
針小棒大	바늘 침, 작을 소 막대 봉, 큰 대	과장해서 말함
他山之石	다를 타, 메 산 갈 지, 돌 석	남의 허물에서도 배울 것이 있다는 뜻
卓上空論	높을 탁, 위 상 빌 공, 논할 론	실현성이 희박한 공상론
貪官汚吏	탐낼 탐, 벼슬 관 더러울 오, 벼슬 리	탐욕이 많고 마음이 깨끗하지 못한 관리
泰山北斗	클 태, 메 산 북녘 북, 말 두	남에게 존경을 받는 뛰어난 존재
兎死狗烹	토끼 토, 죽을 사 개 구, 삶을 팽	쓸모 있을 때는 긴요하게 쓰다가 쓸모가 없어지면 버려짐
破竹之勢	깨뜨릴 파, 대 죽 갈 지, 형세 세	세력이 강하여 막을 수 없는 모양
飽食暖衣	배부를 포, 밥 식 따뜻할 난, 옷 의	배불리 먹고 따뜻하게 입음
表裏不同	겉 표, 속 리 아니 부, 같을 동	겉과 속이 다름
風樹之嘆	바람 풍, 나무 수 갈 지, 탄식할 탄	부모가 돌아가신 뒤에 효도 못한 것을 후회함
風前燈火	바람 풍, 앞 전 등 등, 불 화	바람 앞의 등불처럼 운명이 위태로움
匹夫匹婦	짝 필, 지아비 부 짝 필, 며느리 부	평범한 사람들
鶴首苦待	학 학, 머리 수 쓸 고, 기댈 대	몹시 기다림
邯鄲之夢	조나라 서울 한, 조나라 서울 단, 갈 지, 꿈 몽	사람의 일생에 부귀란 헛되고 덧없다는 뜻
虛心坦懷	빌 허, 마음 심 평탄할 탄, 품을 회	마음속에 아무런 사념 없이 품은 생각을 터놓고 말함

虛張聲勢	빌 허, 베풀 장 소리 성, 형세 세	허세를 부림
賢母良妻	어질 현, 어미 모 어질 양, 아내 처	어진 어머니이면서 또한 착한 아내
螢雪之功	반딧불 형, 눈 설 갈 지, 공 공	애써 공부한 보람
狐假虎威	여우 호, 거짓 가 범 호, 위엄 위	남의 세력을 빌려 위세를 부림
糊口之策	풀칠할 호, 입 구 갈 지, 꾀 책	가난한 살림에서 겨우 먹고 살아가는 방책
好事多魔	좋을 호, 일 사 많을 다, 마귀 마	좋은 일에는 흔히 장애물이 들기 쉬움
虎視耽耽	범 호, 볼 시 즐길 탐, 즐길 탐	범이 먹이를 노려봄, 기회를 노려보고 있는 모양
浩然之氣	넓을 호, 그럴 연 갈 지, 기운 기	도의에 근거를 두고 굽히지 않으며 흔들리지 않는 바르고 큰 마음
胡蝶之夢	되 호, 나비 접 갈 지, 꿈 몽	물아일체의 경지, 인생의 덧없음, 꿈
惑世誣民	미혹할 혹, 인간 세 속일 무, 백성 민	세상을 어지럽히고 백성을 속이는 것
昏定晨省	어두울 혼, 정할 정 새벽 신, 살필 성	자식이 부모님께 아침저녁으로 잠자리를 보살펴 드리는 것
畵龍點睛	그림 화, 용 룡 점 점, 눈동자 정	무슨 일을 함에 있어 가장 긴한 부분을 끝내어 완성시킴
畵中之餠	그림 화, 가운데 중 갈 지, 떡 병	그림의 떡, 곧 실속 없는 말에 비유하는 말
換骨奪胎	바꿀 환, 뼈 골 빼앗을 탈, 아이 밸 태	남의 글의 취의를 본뜨되 그 형식을 달리하여 자기 작품처럼 꾸밈
膾炙人口	회 회, 구울 자 사람 인, 입 구	널리 사람들에게 알려져 입에 오르내리고 찬양을 받음
會者定離	모일 회, 놈 자 정할 정, 떠날 리	만나면 반드시 헤어지게 마련임
橫說竪說	가로 횡, 말씀 설 세울 수, 말씀 설	조리가 없는 함부로 지껄임
興盡悲來	일 흥, 다할 진 슬플 비, 올 래	즐거운 일이 다하면 슬픈 일이 옴
後生可畏	뒤 후, 날 생 옳을 가, 두려워할 외	젊은 후배들은 두려워할 만함

3. 비슷한 뜻을 지닌 四字成語

1) 友情

管鮑之交(관포지교)
: 매우 친밀한 교제, 관중(管仲)과 포숙아(鮑叔牙)의 사귐
水魚之交(수어지교)
: 물과 고기의 관계처럼 뗄 수 없는 사이
竹馬故友(죽마고우)
: 어릴 때부터의 친한 벗
莫逆之友(막역지우)
: 아주 허물없는 벗
金石之交(금석지교)
: 쇠와 돌처럼 굳은 사귐
肝膽相照(간담상조)
: 간과 쓸개가 가까이 서로 보여 주듯이 서로 마음을 터놓고
  사귐
膠漆之交(교칠지교)
: 매우 친밀하여 떨어질 수 없는 사귐
刎頸之交(문경지교)
: 죽고 살기를 같이할 만한 친한 사이나 벗
金蘭之交(금란지교)
: 쇠처럼 날카롭고 난초처럼 향기 나는 친구 사이

芝蘭之交(지란지교)

: 영지와 난초의 향기로운 향기 같은 벗 사이의 교제

斷金之交(단금지교)

: 매우 정의가 두터운 사이의 교제

交友以信(교우이신)

: 친구를 믿음으로써 사귐

朋友有信(붕우유신)

: 친구 사이의 도리는 신의에 있음

布衣之交(포의지교)

: 곤경에 처한 상황에서 사귄 친구

知音(지음)

: 백아(伯牙)와 종자기(鍾子期) 사이의 고사로부터 (거문고)
소리를 알아듣는다는 뜻에서 유래, 伯牙絶絃(백아절현)은
'친한 친구의 죽음을 슬퍼한다'는 뜻

2) 가난한 살림

桂玉之歎(계옥지탄)

: 계수나무와 옥토끼를 의지하며 살아가는 삶, 매우 가난한
처지

男負女戴(남부여대)

: 남자는 지고 여자는 머리에 인다는 뜻, 가난에 시달린 사람
들이 살 곳을 찾아 떠돌며 사는 것을 말함

三旬九食(삼순구식)

: 사흘 걸러 한 번, 한 달에 아홉 번 식사를 함

3) 평범한 사람들

甲男乙女(갑남을녀)

: 갑이란 남자와 을이란 여자라는 뜻, 평범한 사람들을 이르
는 말

凡夫凡夫(범부범부)

: ㉠ 평범한 사내, ㉡ 번뇌에 얽매여 생사를 초월하지 못하는
사람

善男善女(선남선녀)

: ㉠ 성품이 착한 남자와 여자란 뜻으로, 착하고 어진 사람들, ㉡
곱게 단장을 한 남자와 여자, ㉢ 불법에 귀의한 남자와 여자

愚夫愚婦(우부우부)

: 어리석은 남자와 어리석은 여자를 아울러 이르는 말

匹夫匹婦(필부필부)

: 평범한 남자와 여자

4) 가혹한 정치

苛斂誅求(가렴주구)

: 세금을 가혹하게 거두어들이고 강압적으로 요구하는 것, 폭

정(暴政)으로 인해 살기 어려움을 의미

塗炭之苦(도탄지고)

: 진구렁에 빠지고 숯불에 타는 괴로움을 이르는 말

炮烙之刑(포락지형)

: ㉠ 뜨겁게 달군 쇠로 살을 지지는 형벌, ㉡ 중국 은나라 주

왕(紂王) 때, 기름칠한 구리 기둥을 숯불 위에 걸쳐놓고 죄

인을 그 위로 건너가게 하던 형벌

惑世誣民(혹세무민)

: 세상을 어지럽히고 백성을 속임

5) 겉과 속이 다름

口蜜腹劍(구밀복검)·笑裏藏刀(소리장도)

: 겉으로는 상냥한 체 남을 위하면서도 속으로는 해칠 생각을

갖고 있음

勸上搖木(권상요목)

: 나무에 오르게 하고 흔들어 떨어뜨린다는 뜻으로, 남을 부

추겨 놓고 낭패를 보도록 방해함을 이르는 말

面從腹背(면종복배)

: 앞에서는 순종하는 체하고 속으로는 딴 마음을 먹음

面從後言(면종후언)

: 보는 앞에서는 복종하는 체하면서 뒤에서 비방과 욕설을 함

羊頭狗肉(양두구육)

: 양의 머리를 걸어 놓고 개고기를 판다는 뜻으로, 겉보기만
그럴듯하게 보이고 속은 변변하지 못함을 이르는 말

表裏不同(표리부동)

: 겉과 속이 다름

6) 견문이 좁음

管見(관견)

: 대롱 구멍으로 사물을 본다는 뜻으로 좁은 소견, 또는 자기
의 소견을 겸손하게 이르는 말

坐井觀天(좌정관천)

: 우물 속에 앉아서 하늘을 본다는 뜻으로 사람의 견문(見聞)
이 매우 좁음을 이르는 말

7) 계획이 자주 바뀜

高麗公事三日(고려공사삼일)

: 우리나라 사람의 인내심이 부족하고 정령의 변화가 많았음
을 지적하는 말

變化難測(변화난측)·變化無雙(변화무쌍)

: 변화가 심하고 많아 이루다 헤아리기 어려움

作心三日(작심삼일)

: 단단히 먹은 마음이 사흘을 가지 못한다는 뜻으로, 결심이

굳지 못함을 이르는 말

朝令暮改(조령모개)·朝變夕改(조변석개)·朝夕之變(조석지변)

: 아침에 명령을 내렸다가 저녁에 다시 고친다는 뜻으로, 법
령을 자꾸 고쳐서 갈피를 잡기가 어려움을 이르는 말, <사
기>의 '평준서(平準書)'에 나옴

8) 고향을 그리워하는 마음

看雲步月(간운보월)

: 구름을 바라보거나 달빛 아래 거닌다는 뜻으로, 객지에서
집을 생각함

望雲之情(망운지정)

: 구름을 바라보는 심정, 자식이 타향에서 고향의 부모를 그
리는 정

思鄕之心(사향지심)

: 고향에 대한 그리움

首丘初心(수구초심)·狐死首丘(호사수구)

: 여우가 죽을 때에 머리를 자기가 살던 굴 쪽으로 둔다는 뜻
으로, 고향을 그리워하는 마음을 이르는 말

越鳥巢南枝(월조소남지)

: 월나라 새는 고향이 있는 쪽인 남쪽 나뭇가지에 둥지를 튼
다는 것으로 고향에 대한 그리움을 나타냄

9) 꿈에도 잊지 못함

寤寐不忘(오매불망)

: 밤낮으로 자나 깨나 잊지 못함

輾轉反側(전전반측)

: 누워서 몸을 이리저리 뒤척이며 잠을 이루지 못함

10) 은혜를 잊지 않음

刻骨難忘(각골난망)

: 은혜를 입은 고마움이 뼛속 깊이 새겨져 잊기 어려움

結草報恩(결초보은)

: 죽은 뒤에라도 은혜를 잊지 않고 갚음을 이르는 말. 중국 춘
추 시대에, 진나라의 위과(魏顆)가 아버지가 세상을 떠난 후
에 서모를 개가시켜 순사(殉死)하지 않게 하였더니, 그 뒤
싸움터에서 그 서모 아버지의 혼이 적군의 앞길에 풀을 묶
어 적을 넘어뜨려 위과가 공을 세울 수 있도록 하였다는 고
사에서 유래

白骨難忘(백골난망)

: 백골이 되어도 잊기 어려움, 죽어도 잊지 못할 큰 은혜를 입음

11) 孝道

(1) 소학에 나오는 내용

昏定晨省(혼정신성)

: 부모 모신 사람이 저녁이면 자리를 정해드리고 아침이면 주무신 자리를 정성껏 돌보아 살핌

冬溫夏淸(동온하청)

: 겨울에는 따뜻하게 해드리고, 여름에는 시원하게 해드린다는 뜻, 효도의 방법 중 하나

出告反面(출고반면)

: 나갈 때는 반드시 목적지를 말씀드리고, 돌아와서는 반드시 알린다는 뜻으로 효의 방법 중 하나[= **出必告反必面**(출필고반필면)]

(2) 초나라 효자 노래자의 고사

斑衣之戲(반의지희)

: 늙어서 표도함을 이르는 말. 중국 초나라의 노래자가 일흔 살에 늙은 부모님을 위로하려고 색동저고리를 입고 어린애처럼 기어 다녀 보였다는데서 유래(= **老萊之戲**)

(3) **孝鳥**(효조, 까마귀)와 관련된 고사

反哺之孝(반포지효)

: 까마귀 새끼가 자라서 그 어버이에게 먹이를 먹여주는 일, 자식이 부모의 은혜에 보답함을 비유[=反哺報恩(반포보은)]

(4) 효도를 다하지 못한 채 어버이를 잃은 자식의 슬픔

風樹之嘆(풍수지탄)

: 효도를 다하지 못한 채 어버이를 여읜 자식의 슬픔을 이르는 말

12) 끼리끼리 어울림

類類相從(유유상종) : 같은 무리끼리 서로 사귐

草綠同色(초록동색)

: 서로 같은 처지나 같은 부류의 사람들끼리 함께 함을 이름

同病相憐(동병상련)

: 같은 병을 앓는 사람끼리 서로 가엾게 여긴다는 뜻으로, 어려운 처지에 있는 사람끼리 서로 가엾게 여김을 이르는 말

13) 남을 속임

羊頭狗肉(양두구육)

: 양의 머리를 걸어 놓고 개고기를 판다는 뜻으로, 겉으로만 그럴듯하게 보이고 속은 변변하지 아니함을 이르는 말

朝三暮四(조삼모사)

: 간사한 꾀로 남을 속여 희롱함을 이르는 말, 중국 송나라 狙

公(저공)의 고사로, 먹이를 아침에 세 개, 저녁에 네 개씩 주

겠다는 말에는 원숭이들이 적다고 화를 내더니 아침에 네 개,

저녁에 세 개씩 주겠다는 말에는 좋아하였다는 데서 유래

14) 다정한 부부 사이

琴瑟相和(금슬상화)

: 부부 사이가 다정하고 화목함을 비유적으로 이르는 말

琴瑟之樂(금슬지락)

: 거문고와 가야금의 즐거움, 부부의 사이가 좋은 것을 말함

百年偕老(백년해로)

: 백년 동안 함께 늙음, 부부가 행복하게 함께 늙는 것을 말함

偕老同穴(해로동혈)

: 부부가 함께 늙고, 죽어서는 한곳에 묻힘, 곧 생사를 같이하

는 부부의 사랑의 맹세를 뜻함

15) 대를 위해 소를 희생함

見危致命(견위치명)

: (나라가) 위태로운 상황을 만나면 목숨을 바친다는 것, 견위

수명

大義滅親(대의멸친)

: 큰 도리를 지키기 위하여 부모나 형제도 돌아보지 않음

先公後私(선공후사)

: 공적인 일은 먼저하고 사적인 일을 뒤로 미룸

泣斬馬謖(읍참마속)

: 큰 목적을 위하여 자기가 아끼는 사람을 버림을 이르는 말,
  <삼국지>의 '馬謖傳(마속전)'에 나오는 말로, 중국 촉나라
  제갈량이 군령을 어기어 가정(街亭) 싸움에서 패한 마속을
  눈물을 머금고 참형에 처하였다는 데서 유래

16) 덧없는 인생

南柯一夢(남가일몽)

: 唐(당)나라 揚洲(양주)의 순우분과 관련되는 고사. 꿈과 같
  이 헛된 한때의 부귀영화를 이르는 말, 중국 당나라의 순우
  분이 술에 취하여 홰나무의 남쪽으로 뻗은 가지 밑에서 잠
  이 들었는데 槐安國(괴안국)으로부터 영접을 받아 20년 동
  안 영화를 누리는 꿈을 꾸었다는 데서 유래

邯鄲之夢(한단지몽)

: 唐(당)나라 呂翁(여옹)과 盧生(노생)의 고사로 인생과 영화
  의 덧없음을 이르는 말, 서기 731년에 盧生(노생)이 한단이
  란 곳에서 呂翁(여옹)의 베개를 빌려 잠을 잤는데, 꿈속에서
  80년 동안 부귀영화를 다 누렸으나 깨어 보니 메조로 밥을

짓는 동안이었다는 데에서 유래, **老生之夢**(노생지몽), **呂翁之枕**(여옹지침), **一炊之夢**(일취지몽), **邯鄲枕**(한단침), **黃梁夢**(황량몽), **黃梁一炊之夢**(황량일취지몽)이라고도 함

17) 讀書

(1) **多讀**

男兒須讀五車書(남아수독오거서)

: 무릇 남자는 다섯 수레에 실을 정도의 많은 책을 읽어야 한
   다는 뜻

博而不精(박이부정)

: 넓게 알고만 있지 자세하거나 정밀하지는 못하다는 말

手不釋卷(수불석권)

: 손에서 책을 놓지 않는다는 뜻

汗牛充棟(한우충동)

: 짐으로 실으면 소가 땀을 흘리고, 쌓으면 들보에까지 찬다
   는 뜻으로, 가지고 있는 책이 매우 많음을 이르는 말

(2) **精讀**

眼光撤紙背(안광철지배)

: 눈빛이 종이 뒤를 뚫는다는 뜻

韋編三絶(위편삼절)

: 공자가 주역을 즐겨 잃어 책의 가죽 끈이 세 번이나 끊어졌

다는 뜻으로, 책을 열심히 읽음을 이르는 말

讀書百遍義自見(독서백편의자현)

: 정교하기는 하나 博學多識(박학다식)하지는 못하다는 뜻

(3) 通讀

走馬看山(주마간산)

: 자세히 살피지 아니하고 대충대충 보고 지나감을 이르는 말

(4) 其他

讀書亡羊(독서망양)

: 책을 읽느라 양을 잃어버림, 마음이 밖에 있어 도리를 잃어버리는 것, 다른 일에 정을 뺏겨 중요한 일이 소홀하게 되는 것

讀書三到(독서삼도)

: 남송 때 주희가 한 말, 책을 읽을 때에는 우선 입으로(口到) 읽고, 그 다음 눈으로(眼到) 읽으며, 마지막으로 마음을 집중하여(心到) 읽는다면 책을 제대로 이해할 수 있다는 것

讀書三昧(독서삼매)

: 다른 생각은 전혀 아니하고 오직 책 읽기에만 골몰하는 경지

讀書三餘(독서삼여)

: 책 읽는 좋은 시기에 대해서 한 말로서, 첫째 일 년 중에서 마지막으로 남은 겨울철에, 둘째 하루에 마지막으로 남은 밤에, 셋째 밖에서 일할 수 없는 비가 오는 날을 말한 것으

로 이처럼 남은 시간을 이용하면 독서나 공부가 잘되는 것
이라 함

畫耕夜讀(주경야독)

: 낮에는 농사짓고, 밤에는 글을 읽는다는 뜻으로, 어려운 여
건 속에서도 꿋꿋이 공부함을 이르는 말

18) 때가 이미 늦음

晩時之歎(만시지탄)

: 시기에 늦어 기회를 놓쳤음을 안타까워하는 탄식

亡羊補牢(망양보뢰)

: 양을 잃고 우리를 고친다는 뜻으로 이미 어떤 일을 실패한
뒤 뉘우쳐도 아무 소용이 없음을 이르는 말

死後藥方文(사후약방문)

: 죽은 후에 처방문을 내린다는 뜻[= **死後淸心丸**(사후청심환)]

十日之菊(십일지국)

: 한창 때인 9월 9일이 지난 9월 10일의 국화라는 뜻으로, 이
미 때가 늦은 일을 비유적으로 이르는 말

雨後送傘(우후송산)

: 비 온 뒤에 우산을 보낸다는 뜻으로, 이미 때가 늦음을 의미함

19) 마음과 마음이 서로 통함

肝膽相照(간담상조)
: 마음과 마음이 서로 통함

敎外別傳(교외별전)
: 선종에서, 부처의 가르침을 말이나 글에 의하지 않고 바로
  마음에서 마음으로 전하여 진리를 깨닫게 하는 법

不立文字(불립문자)
: 깨달음은 마음에서 마음으로 전하는 것이므로 말이나 글에
  의지하지 않는다는 말

心心相印(심심상인)
: 말없이 마음과 마음으로 뜻을 전함

以心傳心(이심전심)
: 마음과 마음으로 서로 뜻이 통함

拈華微笑(염화미소)
: 말로 통하지 아니하고 마음에서 마음으로 전하는 일

20) 많은 것 가운데 극히 적은 것

九牛一毛(구우일모)
: 아홉 마리의 소 가운데 박힌 하나의 털이란 뜻으로, 매우 많
  은 것 가운데 극히 적은 수를 이르는 말

滄海一粟(창해일속)

: 넓은 바다에 떠 있는 한 알의 좁쌀이라는 뜻으로, 아주 큰 물건 속에 있는 아주 작은 물건을 가리킬 때 씀

21) 勉學에의 勸戒

斷機之教(단기지교)

: 학업을 중도에 그만두는 것을 짜던 베의 날을 끊는 것과 같아 아무 보람이 없다는 뜻으로 지금까지 공들인 것이 수포로 돌아간다는 뜻[= 孟母斷機(맹모단기), 斷機之戒(단기지계)]

22) 무식함

盲者丹靑(맹자단청)

: 소경의 단청 구경이라는 뜻으로, 보아도 이해하지 못할 사물을 보는 것을 이르는 말

目不識丁(목불식정)

: 아주 간단한 글자인 '丁'자를 보고도 그것이 '고무래'인 줄을 알지 못한다는 뜻으로, 아주 까막눈을 이르는 말[= 一字無識(일자무식)]

魚魯不辨(어로불변)

: '어(魚)'자와 '노(魯)'자를 구별하지 못한다는 뜻으로, 아주 무식함을 비유적으로 이르는 말

23) 未來에 대한 準備

居安思危(거안사위)
: 평안할 때에 위험과 곤란이 닥칠 것을 생각하며 미리 대비
有備無患(유비무환)
: 미리 준비가 되어 있으면 걱정할 것이 없다는 말

24) 美人

傾國之色(경국지색)
: 임금이 혹하여 나라가 기울어져도 모를 정도의 미인이라는
뜻. 뛰어나게 아름다운 미인을 이르는 말(= 傾國之美, 傾城
之美, 傾城之色)
丹脣皓齒(단순호치)
: 붉은 입술과 새하얀 이, 즉 미인의 얼굴을 형용하는 말
花容月態(화용월태)
: 달 같은 태도와 꽃 같은 얼굴, 즉 미인을 가리키는 말
月下美人(월하미인)
: ㉠ 선인장과의 여러해살이풀, 높이는 1~3미터이며 6~9월에
붉은 빛이 도는 흰 꽃이 밤에 피어서 아침이면 시들고 주로
온실에서 가꾸며, 멕시코에서 브라질에 걸쳐 분포
㉡ 미인을 비유하는 말

絶世佳人(절세가인)

: 세상에 견줄 만한 사람이 없을 정도로 뛰어나게 아름다운
여인

25) 불가능한 일을 억지로 하려는 어리석음

緣木求魚(연목구어)

: 나무에 올라가서 물고기를 구한다는 뜻으로, 도저히 불가능
한 일을 굳이 하려 함을 비유적으로 이르는 말

陸地行船(육지행선)

: 육지에서 배를 저으려 한다는 뜻으로, 안 되는 일을 억지로
하려고 함을 비유적으로 이르는 말

以卵投石(이란투석)

: 달걀로 돌을 친다는 뜻으로, 아주 약한 것으로 강한 것에 대
항하려는 어리석음을 비유적으로 이르는 말

指天射魚(지천사어)

: 하늘을 향해 물고기를 쏜다는 뜻으로, 어떤 일을 이루기 위
해서는 합당한 절차를 거쳐야 한다는 뜻의 비유

26) 세상의 극심한 변천

桑田碧海(상전벽해)

: 뽕나무 밭이 변하여 푸른 바다가 된다는 뜻으로 세상일의 변

천이 심함을 비유적으로 이르는 말(= 滄桑之變, 滄海桑田)

天旋地轉(천선지전)

: ㉠ 세상일이 크게 변함, ㉡ 하늘과 땅이 핑핑 돈다는 뜻으로, 정신이 헷갈려 어수선함을 이르는 말

27) 失敗하더라도 이에 굴하지 않음

百折不屈(백절불굴)

: 백 번 꺾어져도 굽히지 않음(= 百折不撓, 不撓不屈)

七顚八起(칠전팔기)

: 일곱 번 넘어져도 여덟 번째 또 일어난다는 뜻, 여러 번 실패해도 굽히지 않고 분투함을 일컫는 말(= 七顚八倒)

28) 엎친 데 덮친 격

去益泰山(거익태산)

: 점점 힘들고 어려운 지경에 처함을 이르는 말

落穽下石(낙정하석)

: 함정에 빠진 데다가 돌을 던짐, 남의 患亂에 다시 危害를 준다는 말

雪上加霜(설상가상)

: 눈 위에 또 서리가 덮인다는 뜻으로 불행이 엎친 데 덮친 격으로 거듭 생김을 말함

29) 여럿 가운데 가장 뛰어난 것

間世之材(간세지재)
: 여러 세대를 통하여 드물게 나는 인재

群鷄一鶴(군계일학)
: 닭 무리 속에 끼어 있는 한 마리의 학이란 뜻으로, 평범한 사람 가운데서 뛰어난 사람을 일컫는 말

囊中之錐(낭중지추)
: '주머니 속의 송곳'이라는 뜻으로, 재능이 뛰어난 사람은 숨어 있어도 저절로 사람들에게 알려짐을 이르는 말

白眉(백미)
: 흰 눈썹이라는 뜻으로 여럿 가운데에서 가장 뛰어난 사람이나 훌륭한 물건을 이르는 말, 중국 촉한(蜀漢) 때 마량(馬良)의 다섯 형제가 모두 재주가 있었는데 그 중에서도 눈썹 속에 흰 털이 난 양(良)이 가장 뛰어났다는 데서 유래

鐵中錚錚(철중쟁쟁)
: 여러 쇠붙이 가운데서도 유난히 맑게 쟁그랑거리는 소리가 난다는 뜻으로, 같은 무리 가운데서도 가장 뛰어난 사람을 이르는 말

出衆(출중)
: 뭇사람 가운데서 특별히 뛰어남

泰斗(태두)
: 어떤 분야에서 가장 권위가 있는 사람을 비유적으로 이르는 말

30) 傲慢함

傍若無人(방약무인)
: 곁에 사람이 없는 것처럼 아무 거리낌 없이 함부로 말하고
  행동하는 태도가 있음
眼下無人(안하무인)
: 눈앞에 사람이 없는 듯이 말하고 행동함, 태도가 몹시 거만
  하여 남을 사람 같이 대하지 않음을 말함
傲慢無道(오만무도)
: 태도나 행동이 건방지거나 거만하여 도의(道義)를 돌보지
  아니함(= 傲慢無禮)
傲慢不遜(오만불손)
: 태도나 행동이 거만하고 공손하지 못함
妄自尊大(망자존대)
: 건방지게 자기만 잘났다고 뽐내어 자신을 높이고 남을 업신
  여김

31) 慾心에 대한 警戒

見物生心(견물생심)
: 어떠한 실물을 보게 되면 그것을 가지고 싶은 욕심이 생긴
  다는 말

得隴望蜀(득롱망촉)

: 만족할 줄을 모르게 계속 욕심을 부리는 경우를 이르는 말, 후한(後漢)의 광무제가 농(隴) 지방을 평정한 후에 다시 촉(蜀) 지방까지 원하였다는 데에서 유래

㉧ **騎馬欲率奴**(기마욕솔노)

: 말 타면 종 두고 싶다, 말 타면 경마 잡히고 싶다

32) 優劣을 가리기 어려움

難兄難弟(난형난제)

: 누구를 형이라 하고 누구를 동생이라 할지 분간하기 어렵다는 것으로 사물의 우열이 없다, 곧 비슷하다는 말

大同小異(대동소이)

: 큰 차이 없이 거의 같음

莫上莫下(막상막하)

: 더 낮고 더 못함의 차이가 거의 없음

伯仲之勢(백중지세)

: 백중이란 형제의 순서를 나타내는 말로 형제는 비슷하고 닮았기에 비교 평가하여 우열을 가릴 수 없다는 뜻으로 서로 비슷비슷하여 낮고 못함이 없는 사이를 가리킴(= **伯仲之間**)

五十步百步(오십보백보)

: 조금 낮고 못한 정도의 차이는 있으나 본질적으로는 차이가 없음을 이르는 말, 중국 양(梁)나라 혜왕(惠王)이 정사(政事)

에 관하여 맹자에게 물었을 때, 전쟁에 패하여 어떤 자는 백
보를, 또 어떤 자는 오십 보를 도망했다면, 백 보를 물러간
사람이나 오십 보를 물러간 사람이나 도망한 것에는 양자의
차이가 없다고 대답한 데서 유래

33) 運命을 건 단판 勝負

乾坤一擲(건곤일척)
: 주사위를 던져 승패를 건다는 뜻, 운명을 걸고 단판걸이로
  승부를 겨룸을 이르는 말

背水之陣(배수지진)
: ㉠ 강이나 바다를 등지고 치는 진, 중국 한(漢)나라의 한신
  이 강을 등지고 진을 쳐서 병사들이 물러서지 못하고 힘을
  다하여 싸우도록 하여 조(趙)나라의 군사를 물리쳤다는 데
  서 유래
  ㉡ 어떤 일을 성취하기 위하여 더 이상 물러설 수 없음을
  비유적으로 이르는 말

34) 運命은 바뀜

塞翁之馬(새옹지마)
: 인생의 길흉화복은 변화가 많아서 예측하기가 어렵다. 옛날
  에 새옹이 기르던 말이 오랑캐 땅으로 달아나서 노인이 낙

심하였는데, 그 후에 달아났던 말이 준마를 한 필 끌고 와서 그 덕분에 훌륭한 말을 얻게 되었으나 아들이 그 준마를 타다가 떨어져서 다리가 부러졌으므로 노인이 다시 낙심하였지만, 그로 인하여 아들이 전쟁에 끌려 나가지 아니하고 죽음을 면할 수 있었다는 이야기에서 유래

轉禍爲福(전화위복)
: 재앙과 환란이 바뀌어 오히려 복이 됨

苦盡甘來(고진감래)
: 괴로움이 다하면 즐거움이 온다는 말

興盡悲來(흥진비래)
: 즐거운 일이 다하면 슬픈 일이 다가온다는 뜻으로 세상 일이 순환됨을 가리키는 말(= 興盡而反)

危急存亡之秋(위급존망지추)
: 존속과 멸망, 또는 생존과 사망이 결정되는 아주 절박한 경우나 시기

危機一髮(위기일발)
: 거의 여유가 없는 위급한 순간

焦眉之急(초미지급)
: 눈썹에 불이 붙음과 같이 매우 다급한 지경(= 燒眉之急)

風前燈火(풍전등화)
: 바람 앞에 켠 등불처럼 매우 위급한 경우에 놓여 있는 경우

35) 融通性 없고 어리석음

刻舟求劍(각주구검)

: 융통성 없이 현실에 맞지 않는 낡은 생각을 고집하는 어리
석음을 이르는 말, 초나라 사람이 배에서 칼을 물속에 떨어
뜨리고 그 위치를 뱃전에 표시하였다가 나중에 배가 움직인
것을 생각하지 않고 칼을 찾았다는 데서 유래

守株待兎(수주대토)

: 한 가지 일에만 얽매여 발전을 모르는 어리석은 사람, 중국
송나라의 한 농부가 우연히 나무 그루터기에 토끼가 부딪쳐
죽은 것을 잡은 후, 또 그와 같이 토끼를 잡을까 하여 일도
하지 않고 그루터기만 지키고 있었다는 데서 유래

膠柱鼓瑟(교주고슬)

: 갖풀로 비파나 거문고의 기러기발을 붙여 놓으면 음조를 바
꿀 수 없다는 뜻, 고지식하여 조금도 융통성이 없음을 이르
는 말

尾生之信(미생지신)

: 우직하여 융통성이 없이 약속만을 굳게 지킴을 비유적으로
이르는 말, 중국 춘추시대에 미생(尾生)이라는 자가 다리 밑
에서 만나자고 한 여자와의 약속을 지키기 위하여 홍수에도
피하지 않고 기다리다가 마침내 익사하였다는 고사에서 유래

36) 疑心이 많음

杯中蛇影(배중사영)
: 잔 속에 비친 뱀의 그림자란 뜻으로 벽에 걸린 활이 뱀의 그림자처럼 잔 속에 비치는 바람에 그 술을 마시고 병이 들었다는 이야기에서 유래, 즉 공연한 헛것을 보고 놀라 속을 썩이는 것을 가리키는 말

吳牛喘月(오우천월)
: 오(吳)나라의 소가 더위를 두려워해서 달을 보고도 해인 줄 알고 헐떡거린다는 뜻으로 지레 짐작으로 공연한 일에 겁을 내어 걱정함

草木皆兵(초목개병)
: ㉠ 적을 두려워한 나머지 초목으로 모두 적군으로 보임
  ㉡ 군사의 수효가 너무 많아 산야에 가득 찬 상태

風聲鶴唳(풍성학려)
: 겁을 먹은 사람이 하찮은 일에도 놀람을 이르는 말, 중국 전진 때 진왕 부견이 비수에서 크게 패하고 바람 소리와 학의 울음소리를 듣고도 적군이 쫓아오는 것이 아닌가 하고 놀랐다는 데서 유래

37) 이러지도 저러지도 못하는 상태

罔知所措(망지소조)
: 어찌할 바를 모르고 허둥지둥함

四面楚歌(사면초가)

: 아무에게도 도움을 받지 못하는, 외롭고 곤란한 지경에 빠진 형편을 이르는 말로 초나라 항우가 사면을 둘러싼 한나라 군사 쪽에서 들려오는 초나라의 노랫소리를 듣고 초나라 군사가 이미 항복한 줄 알고 놀랐다는 데서 유래

山盡水窮(산진수궁)

: 산이 막히고 물줄기가 끊어져 더 갈 길이 없다는 뜻으로, 막다른 경우에 이름을 이르는 말(= 山窮水盡)

進退兩難(진퇴양난)

: 나아갈 수도 물러설 수도 없는 궁지에 빠짐(= 進退維谷)

38) 이루기 어려움(보람이 없음)

百年河淸(백년하청)

: 중국의 황하(黃河)가 늘 흐려 맑을 때가 없다는 뜻으로, 아무리 오랜 시일이 지나도 어떤 일이 이루어지기 어려움을 이르는 말

千年一淸(천년일청)

: 천 년에 한 번 맑아진다는 황하의 물이 맑아지기를 바란다는 뜻으로, 가능하지 아니한 일을 바람을 이르는 말

漢江投石(한강투석)

: 한강에 돌 던지기, 아무리 투자하거나 애를 써도 보람이 없음

紅爐點雪(홍로점설)

: ㉠ 紅爐上一點雪(홍로상일점설)의 준말로, 뜨거운 불길 위에

한 점 눈을 뿌리면 순식간에 녹듯이 사욕이나 의혹이 일시에

꺼져 없어지고 마음이 탁 트여 맑아지는 것을 일컫는 말

㉡ 크나큰 일에 작은 힘이 조금도 보람이 없음을 가리키기

도 함, 화(禍)나 복(福)이 들어오는 정해진 문이 없으며, 화

는 한 번만 행해지지 않는다는 뜻

39) 일시적인 計略

姑息之計(고식지계)

: 우선 당장 편한 것만을 택하는 꾀나 방법, 한때의 안정을 얻

기 위하여 임시로 둘러맞추어 처리하거나 이리저리 주선하

여 꾸며내는 계책

凍足放尿(동족방뇨)

: 언 발에 오줌 누기라는 뜻으로, 잠시 동안만 효력이 있을 뿐

효력이 바로 사라짐을 비유적으로 이르는 말

彌縫策(미봉책)

: 눈가림만 하는 일시적인 계책(計策)

掩耳盜鈴(엄이도령)

: 귀를 막고 방울을 훔친다는 뜻으로, 모든 사람이 그 잘못을

다 알고 있는데 얕은꾀를 써서 남을 속이려 함을 이르는 말

臨機應變(임기응변)

: 그때그때 처한 사태에 맞추어 즉각 그 자리에서 결정하거나
 처리함

臨時方便(임시방편)

: 필요에 따라 그때그때 정해 일을 쉽고 편리하게 치를 수 있
 는 수단

臨時變通(임시변통)

: 갑자기 터진 일을 우선 간단하게 둘러맞추어 처리함

下石上臺(하석상대)

: 아랫돌 빼서 윗돌 괴고 윗돌 빼서 아랫돌 괸다는 뜻으로, 임
 시변통으로 이리저리 둘러맞춤을 이르는 말

40) 일의 始初

濫觴(남상)

: 양자강(揚子江) 같은 큰 하천의 근원도 잔을 띄울 만큼 가늘
 게 흐르는 시냇물이라는 뜻으로, 사물의 처음이나 기원을
 이르는 말

嚆矢(효시)

: ㉠ 우는 살, ㉡ 어떤 사물이나 현상이 시작되어 나온 맨 처
 음을 이르는 말로 <장자>의 '재유편(在宥篇)'에 나오는 전
 쟁을 시작할 때 우는 살을 먼저 쏘았다는 데에서 유래

破天荒(파천황)

: 이전에 아무도 하지 못한 일을 처음으로 해냄을 이르는 말, <복몽쇄언>에 나오는 말로 중국 당나라의 형주(荊州) 지방에서 과거의 합격자가 없어 천지가 아직 열리지 않은 혼돈한 상태라는 뜻으로 천황(天荒)이라고 불리었는데 '유세'라는 사람이 처음으로 합격하여 천황을 깼다는 데서 유래

41) 잘못한 사람이 오히려 큰소리침

主客顚倒(주객전도)

: 주인은 손님처럼 손님은 주인처럼 각각 행동을 바꾸어 한다는 것으로 입장이 뒤바뀐 것을 말함

我歌査唱(아가사창)

: 내가 부를 노래를 사돈이 부른다는 뜻으로, 꾸짖음이나 나무람을 들어야 할 사람이 도리어 큰소리침을 이르는 말(= 我歌君唱)

42) 정도가 너무 지나침

過猶不及(과유불급)

: 정도를 지나침은 미치지 못함과 같다는 뜻으로, 중용(中庸)의 태도를 중시하는 말

矯角殺牛(교각살우)

: 소의 뿔을 바로 잡으려다가 소를 죽인다는 뜻으로 잘못된

점을 고치려다가 그 방법이나 정도가 지나쳐 오히려 일을 그르침을 이르는 말

矯枉過正(교왕과정)

: '矯枉'은 구부러진 것을 바로잡음, 잘못을 바로 고치려다 지나쳐 오히려 나쁜 결과를 가져옴을 의미로 곧 어떤 일이 극(極)과 극(極)인 모양을 말함

矯枉過直(교왕과직)

: 굽은 것을 바로잡으려다가 정도에 지나치게 곧게 한다는 뜻, 잘못된 것을 바로잡으려다가 너무 지나쳐서 오히려 나쁘게 됨을 이르는 말

小貪大失(소탐대실)

: 작은 것을 탐하다가 큰 것을 잃음

43) 제3자가 利益을 봄

犬兎之爭(견토지쟁)

: 개와 토끼의 다툼이라는 뜻으로, 두 사람의 싸움에 제삼자가 이익을 봄을 이르는 말

漁父之利(어부지리)

: 두 사람이 이해관계로 서로 싸우는 사이에 엉뚱한 사람이 애쓰지 않고 가로챈 이익을 이르는 말, 도요새가 무명조개의 속살을 먹으려고 부리를 조가비 안에 넣는 순간 무명조개가 껍데기를 꼭 다물고 부리를 안 놔주자, 서로 다투는 틈

을 타서 어부가 둘 다 잡아 이익을 얻었다는 데서 유래

蚌鷸之爭(방휼지쟁)

: **漁父之利**(어부지리)에서 나온 말

44) 弟子나 後輩가 스승이나 先輩보다 뛰어날 수 있음

青出於藍(청출어람)

: 쪽에서 뽑아낸 푸른 물감이 쪽보다 더 푸르다는 뜻으로 제
  자나 후배가 스승이나 선배보다 나음을 이르는 말

後生可畏(후생가외)

: 후생(**後生**)은 뒤에 난 사람, 즉 자기보다 나이가 어린 사람
  을 말하는데 이제 자라나는 어린 사람이나 수양과정에 있는
  젊은 사람들이 두렵다는 말, 하찮게 여겼던 사람이 커서 자
  기보다 더 훌륭하게 될 수도 있기 때문

後生角高(후생각고)

: 나중에 난 뿔이 우뚝하다는 뜻으로 후배가 선배보다 나을
  때 하는 말

氷水爲之而寒於水(빙수위지이한어수)

: 얼음은 물이 그것이 되었으나, 물보다 차갑다는 뜻

青出於藍而青於藍(청출어람이청어람)

: 청색은 쪽빛에서 나왔으나, 쪽빛보다 푸르다는 뜻

45) 最後의 完成

大佛開眼(대불개안)

: ㉠ 불상을 만들 때 가장 나중에 행하는 의식

㉡ 슬기로운 눈을 뜨게 한다는 뜻으로, 최후의 완성을 이르는 말

畵龍點睛(화룡점정)

: ㉠ 무슨 일을 하는 데에 가장 중요한 부분을 완성함을 이르는 말, 용을 그리고 난 후에 마지막에 눈동자를 그려 넣었더니 그 용이 실제 용이 되어 홀연히 구름을 타고 하늘로 날아올라갔다는 고사에서 유래

㉡ 글을 짓거나 일을 하는 데서 가장 요긴한 어느 한 대목을 잘함으로써 전체가 생동하게 살아나거나 활기 있게 됨을 말함

46) 태평스런 시절

康衢煙月(강구연월)

: 평화스러운 대낮의 길거리 풍경과 저녁 짓는 굴뚝 연기가 달을 향해 피어오르는 풍경, 살기 좋고 평화로운 태평성대를 의미

鼓腹擊壤(고복격양)

: 태평한 세월을 즐김을 이르는 말로 중국 요임금 때, 한 노인이 배를 두드리고 땅을 치면서 요임금의 덕을 찬양하고 태

평성대를 즐겼다는 데서 유래

比屋可封(비옥가봉)

: 중국 요순시대에 사람들이 모두 착하여 집집마다 표창할 만
하였다는 뜻으로, 나라에 어진 사람이 많음을 이르는 말

堯舜時代(요순시대)

: 요임금과 순임금이 덕으로 천하를 다스리던 태평한 시대

太平聖代(태평성대)

: 어진 임금이 잘 다스리어 태평한 세상이나 시대

含哺鼓腹(함포고복)

: 배불리 먹고 배를 두드림, 태평한 시대의 모습을 일컫는 말

47) 튼튼한 방어 시설이나 상태

金城湯池(금성탕지)

: 쇠로 만든 성과 그 둘레에 파 놓은 뜨거운 물로 가득 찬 못
이라는 뜻으로, 방어 시설이 잘 되어 있는 성을 이르는 말

金城鐵壁(금성철벽)

: 쇠로 만든 성과 철로 만든 벽이라는 뜻으로, 방어시설이 잘
되어 있어서 공격하기 어려운 성을 이르는 말

牙城(아성)

: ㉠ 예전에, 주장(主將)이 거처하던 성

　㉡ 아주 중요한 근거지를 비유

難攻不落(난공불락)

: 공격하기가 어려워 쉽사리 함락되지 아니함

鐵甕城(철옹성)

: 쇠로 만든 독처럼 튼튼하게 둘러쌓은 성이라는 뜻으로, 방비나 단결 따위가 경고한 사물이나 상태를 이르는 말

48) 學問에 힘씀

螢雪之功(형설지공)

: 반딧불, 눈과 함께하는 노력이라는 뜻으로 고생을 하면서 부지런하고 꾸준하게 공부하는 자세를 이르는 말, 중국 <진서(晉書)>의 '차윤전(車胤傳)', '손강전(孫康傳)'에 나오는 말로 진나라 차윤(車胤)이 반딧불이를 모아 그 불빛으로 글을 읽고, 손강(孫康)이 가난하여 겨울밤에는 눈빛에 비추어 글을 읽었다는 고사에서 유래

49) 학문의 길은 이루기가 어려움

多岐亡羊(다기망양)

: ㉠ 달아난 양을 찾으려 할 때 갈림길이 많아 끝내는 양을 잃는다는 뜻으로, 학문의 길이 여러 갈래로 나뉘어 있어서 진리를 얻기 어려움을 이르는 말

㉡ 방침이 많아서 도리어 갈 바를 모름

亡羊之歎(망양지탄)
: 학문의 갈래가 너무 많음을 갈래길이 너무 많아 쫓던 양을
  잃은 것에 비유한 말

50) 학문이나 재주가 부쩍 늘어남

刮目相對(괄목상대)
: 눈을 비비고 상대편을 본다는 뜻으로, 남의 학식이나 재주
  가 놀랄 만큼 부쩍 늚을 이르는 말
日進月步(일진월보)
: 나날이 다달이 계속하여 진보하고 발전함
日就月將(일취월장)
: 나날이 발전하고 다달이 진보함

51) 항간에 떠도는 이야기

街談巷說(가담항설)
: 길거리나 동네에 떠도는 이야기 또는 소문
道聽塗說(도청도설)
: 길거리에 퍼져 돌아다니는 뜬소문

52) 화합하기 어려운 원수 사이

犬猿之間(견원지간)

: 개와 원숭이의 사이라는 뜻으로, 사이가 매우 나쁜 두 사람
의 관계

不俱戴天(불구대천)

: 하늘을 함께 이지 못한다는 뜻으로, 이 세상에서 같이 살 수
없을 만큼 큰 원한을 가짐을 비유적으로 이르는 말

氷炭之間(빙탄지간)

: 얼음과 숯의 사이. 서로 화합할 수 없는 사이(= 氷炭不相容)

水火相剋(수화상극)

: ㉠ 물과 불이 서로 용납하여 공존할 수 없음

　㉡ 서로 원수와 같이 지냄을 비유적으로 이르는 말

53) 환경의 영향을 심하게 받음

(1) 나쁜 친구를 사귀지 마라

近朱自赤 近墨自黑(근주자적 근묵자흑)

: 인주를 가까이 하면 붉어지고 먹을 가까이 하면 검어진다는
뜻, 즉 환경의 영향을 많이 받는다는 뜻

(2) 좋은 친구를 사귀어라

麻中之蓬(마중지봉)

: 삼밭의 쑥대, 좋은 환경의 감화를 받아 자연히 품행이 바르
고 곧게 된다는 비유

(3) 주변 환경의 영향을 받음

南橘北枳(남귤북지)

: 귤이 회수를 건너면 탱자가 된다는 의미로 강남의 귤을 강북에
심으면 탱자가 된다는 뜻, 사람은 사는 곳의 환경에 따라 착하
게도 되고 악하게도 됨을 비유적으로 이르는 말(= 橘化爲枳)

孟母三遷(맹모삼천)

: 맹자의 어머니가 교육을 위해 묘지, 시장, 서당의 세 곳에
걸쳐 이사를 했던 일을 일컬음, 부모가 자식의 장래를 염려
하여 여러 모로 애씀을 뜻함(= 三遷之敎)

54) 훌륭한 인재

股肱之臣(고굉지신)

: 자신의 팔다리 같이 믿고 중요하게 여기는 신하

棟樑之材(동량지재)

: 기둥이나 들보가 될 만한 훌륭한 인재

社稷之臣(사직지신)

: 나라의 안위를 맡는 중신으로 국가의 주석이 되는 신하

柱石之臣(주석지신)

: 주춧돌(주석)이 될 만한 신하

55) 앞길이 유망함

前程萬里(전정만리)

: 앞길이 구만리 같음

鵬程萬里(붕정만리)

: 붕새가 날아가는 하늘 길이 만 리로 트임

56) 이제까지 없었던 일(사건)

前代未聞(전대미문)

: 이제까지 들어 본 적이 없는 일

前人未踏(전인미답)

: 이제까지 아무도 발을 들여놓거나 도달한 사람이 없음

前無後無(전무후무)

: 전에도 없었고 앞으로도 없음

空前絶後(공전절후)

: 전에도 없었고 앞으로도 없음

未曾有(미증유)

: 지금까지 한 번도 있어본 일이 없음

57) 서로 모순됨

矛盾(모순)
: 창과 방패. 일의 앞뒤가 서로 안 맞는 상태, 서로 대립하여
  양립하지 못함
自家撞着(자가당착)
: 같은 사람의 말이나 행동이 앞뒤가 맞지 아니함, 자기모순
二律背反(이율배반)
: 같은 근거를 가지고 정당하다고 주장되는 서로 모순되는 두
  명제

58) 몹시 지루하거나 애타게 기다림

鶴首苦待(학수고대)
: 학의 목처럼 길게 늘여 고대함
一日如三秋(일일여삼추)
: 하루가 삼 년 같음

59) 실속이 없음

虛張聲勢(허장성세)
: 실속이 없으면서 허세만 떠벌림
虛禮虛飾(허례허식)
: 예절, 법식 등을 겉으로만 번드레하게 하는 일

60) 전쟁에서 유래한 성어

背水之陣(배수지진)
: '적과 싸울 때 강이나 바다를 등지고 친 진'이란 말로, 한신
이 초나라의 군대와 싸울 때 사용한 진법에서 유래하여 목
숨을 걸고 어떤 일에 대처하는 경우를 비유한 말
乾坤一擲(건곤일척)
: 운명과 흥망을 걸고 단판걸이로 승부나 승패를 겨룸
捲土重來(권토중래)
: 한 번 실패하였다가 세력을 회복하여 다시 쳐들어옴
臥薪嘗膽(와신상담)
: 원수를 갚으려고 괴롭고 어려운 일을 참음

61) 소문과 관련된 성어

流言蜚語(유언비어)
: 아무 근거 없이 널리 퍼진 소문, 풍설, 떠돌아다니는 말
道聽塗說(도청도설)
: 길거리나 떠돌아다니는 뜬소문
街談巷語(가담항어)
: 거리나 항간에 떠도는 이야기

62) 애정과 관련된 성어

戀慕之情(연모지정)
: 사랑하여 그리워하는 정
相思病(상사병)
: 남녀가 서로 몹시 그리워하여 생기는 병
相思不忘(상사불망)
: 서로 그리워해 잊지 못함
同病相憐(동병상련)
: 같은 병의 환자끼리 서로 가엾게 여김, 처지 비슷한 사람끼
  리 동정함

63) 의리나 은덕을 저버림

背恩忘德(배은망덕)
: 은덕을 저버림
見利忘義(견리망의)
: 이익을 보면 의리를 잊음

64) 기쁨, 좋음과 관련된 성어

抱腹絶倒(포복절도)
: 배를 끌어안고 넘어질 정도로 몹시 웃음

弄璋之慶(농장지경)·弄璋之喜(농장지희)

: '장(璋)'은 사내아이의 장난감인 '구슬'이라는 뜻으로, 아들

 을 낳은 기쁨 또는 아들을 낳은 일을 이르는 말

弄瓦之慶(농와지경)·弄瓦之喜(농와지희)

: '와(瓦)'는 계집아이의 장난감인 '실패'라는 뜻으로, 딸을 낳

 은 기쁨을 이르는 말

錦上添花(금상첨화)

: 비단 위에 꽃을 놓는다는 뜻으로, 좋은 일이 겹침을 비유

多多益善(다다익선)

: 많을수록 더욱 좋음

拍掌大笑(박장대소)

: 손뼉을 치며 크게 웃음

65) 슬픔과 관련된 성어

哀而不悲(애이불비)

: 속으로는 슬프지만 겉으로는 슬픔을 나타내지 아니함

哀而不傷(애이불상)

: 슬퍼하되 도를 넘지 아니함

66) 悲憤과 관련된 성어

天人共怒(천인공노)

: 하늘과 땅이 함께 분노한다는 뜻으로, 같은 무리의 불행을

슬퍼함

含憤蓄怨(함분축원)

: 분하고 원통한 마음을 품음

悲憤慷慨(비분강개)

: 슬프고 분한 느낌이 마음속에 가득 차 있음

切齒腐心(절치부심)

: 몹시 분하여 이를 갈면서 속을 썩임

67) 무례와 관련된 성어

傍若無人(방약무인)

: 곁에 사람이 없는 것 같다는 뜻, 거리낌 없이 함부로 행동함

眼下無人(안하무인)

: 방자하고 교만하여 사람을 모두 얕잡아 보는 것

回賓作主(회빈작주)

: 주장하는 사람의 의견을 무시하고 자기 마음대로 함

厚顔無恥(후안무치)

: 뻔뻔스러워 부끄러워할 줄 모름

破廉恥漢(파렴치한)

: 염치를 모르는 뻔뻔한 사람

天方地軸(천방지축)

: 함부로 날뛰는 모양

68) 불행과 관련된 성어

七顚八倒(칠전팔도)
: 일곱 번 넘어지고 여덟 번 거꾸러진다는 말로, 실패를 거듭
하거나 몹시 고생함을 이르는 말
鷄卵有骨(계란유골)
: 달걀에도 뼈가 있다는 뜻으로, 운수가 나쁜 사람은 좋은 기
회를 만나도 역시 일이 잘 안 됨을 이르는 말

69) 幸福과 관련된 成語

前途有望(전도유망)
: 앞으로 잘될 희망이 있음, 장래가 유망함
風雲兒(풍운아)
: 좋은 기회를 타고 활약하여 세상에 두각을 나타내는 사람
遠禍召福(원화소복)
: 재앙을 물리쳐 멀리하고 복을 불러들임

7장

生活 속의 實用漢字

生活 속의 實用漢字

1. 慶弔事 封套 書式

1) 結婚式	祝 結婚, 祝 華婚, 祝 盛典, 賀儀
2) 葬禮式	賻儀, 謹弔, 追慕, 追悼, 哀悼, 慰靈
3) 開業, 創業式	祝 開業, 祝 創立, 祝 繁榮, 祝 開院
4) 問病	祈 快癒, 祈 完快
5) 建築 工事	祝 起工, 祝 竣工, 祝 完工

2. 十二地支와 二十四節氣

1) 十二地支(12지지) 시간법

'자 축 인 묘 진 사 오 미 신 유 술 해'를 십이간지(十二干支) 또는 12지지(十二地支)라고 한다. 이것은 중국에서 불교적인 신앙에 유래된 것으로 호법신으로 신을 물리칠 수 있는 12가지의 동물로 신의 장수를 표현한 것이라 한다. 그 후에 시간을 구분할 때 하루를 12등분 하여 자시, 축시, 인시 등으로 나누어 오늘

날 24시간으로 나눈 것과 같이 사용하였다.

12지지	子	丑	寅	卯	辰	巳	午	未	申	酉	戌	亥
시간	23~1	1~3	3~5	5~7	7~9	9~11	11~13	13~15	15~17	17~19	19~21	21~23
更		三更	四更	五更							初更	二更

2) 二十四節氣(24절기)

절기(節氣)는 태양의 움직임을 따라 계절의 변화를 나타낸 것
이다.

옛 중국 사람들은 천문학 지식을 동원하여 지구의 태양 공전
주기, 즉 태양이 움직이는 길인 황도를 동쪽으로 15° 간격으로
24개로 나누었다. 그리고 기후를 나타내는 용어를 하나씩 붙였
는데, 이것이 절기(節氣)이다.

봄 (春)	여름 (夏)
입춘(立春) : 봄의 시작	입하(立夏) : 여름의 시작
우수(雨水) : 얼음 녹고 싹이 틈	소만(小滿) : 모내기를 시작
경칩(驚蟄) : 개구리가 깨어남	망종(芒種) : 곡식의 씨를 뿌림
춘분(春分) : 낮이 길어짐	하지(夏至) : 낮의 길이가 가장 긺
청명(淸明) : 농사의 시작	소서(小暑) : 여름 더위의 시작
곡우(穀雨) : 농사비가 내림	대서(大暑) : 여름 큰 더위
가을 (秋)	겨울 (冬)
입추(立秋) : 가을의 문턱	입동(立冬) : 겨울의 시작
처서(處暑) : 더위가 조금 있음	소설(小雪) : 얼음이 얼기 시작
백로(白露) : 이슬이 내림	대설(大雪) : 눈이 많이 내림
추분(秋分) : 밤이 길어지기 시작	동지(冬至) : 밤의 길이가 가장 긺
한로(寒露) : 이슬이 내리기 시작	소한(小寒) : 실제로 가장 추움
상강(霜降) : 서리가 내리기 시작	대한(大寒) : 겨울의 큰 추위

3. 나이 漢字 및 呼稱, 便紙 封套 呼稱

1) 나이 한자

15세	志學	70세	從心, 古稀
16세	瓜年	71세	望八
20세	弱冠(남), 芳年(여)	80세	傘壽
30세	而立	81세	半壽
40세	不惑	88세	米壽
50세	知天命	90세	卒壽
60세	耳順	91세	望百
61세	還甲	99세	白壽

2) 呼稱

우리의 전통 사회에서 상호간에 일컫던 호칭(呼稱)은 다소 복잡할 만큼 아주 세밀하게 발전해왔다. 그 이유는 우리 전통 사회가 대가족제도하에서 공동체(共同體)의 일원으로 살아왔기 때문에 그 구성원 간의 세밀한 구분이 필요했기 때문이다. 하지만 이러한 호칭법(呼稱法) 자체가 하나의 문화 수준이 될 정도로 가치를 찾을 수 있는 전통임에도 불구하고 현재 우리의 일상에서는 지나칠 만큼 단순하게 축소되면서 의사전달마저 불분명해지게 되었다.

예를 들어 며느리가 시부모를 타인에게 일컬을 때 '할아버지'나 '할머니'로 부르는 잘못은 그 이유가 어떠하던 간에 상호간의 관계에 혼돈과 무지를 드러내는 결과를 초래하게 될 것이다.

자타 간의 호칭(呼稱)은 그 근간(根幹)이 타인의 존대(尊對)와 자신의 겸손(謙遜)으로 표현되어 온 미풍양속(美風良俗)의 한 일면을 볼 수도 있기에 그 가치가 더욱 크다 할 것이다. 시대적 조류를 무시한 무조건적인 전통 고수(固守)를 논하는 것이 아니라, 기본적인 호칭에 대한 바른 정립에서부터 교양(敎養)을 갖춘 공동체 사회의 건전한 인간을 키워 나가야 한다는 것이다.

구분	자기 가족		타인 가족	
	生存	他界	生存	他界
할아버지	祖父 王父	先考祖 祖考, 王考	王尊丈 王大人	先祖父丈 先王考丈
할머니	祖母 王母	先祖母 先王母, 祖妣	王大夫人 尊祖母	先王大夫人 先祖妣
아버지	家親 嚴親	先親, 先考	春府丈 春丈, 春堂	先大人 先考丈
어머니	慈親 家慈	先慈, 先妣	大夫人 慈堂, 母堂	先夫人 先大夫人
아들	家兒 家豚	亡兒	令息, 令胤	
딸	女息 息鄙		令孃, 令愛	
손자	孫子 孫兒		令孫, 令抱	
부인	妻, 內子, 內室, 家人		令夫人, 閤夫人, 令室	

3) 便紙 封套 呼稱

님께	순한글식으로 쓸 경우
氏	나이가 비슷한 사람에게 존경의 뜻으로
貴中	단체나 기관에 보낼 경우 (예: 입사원서 보낼 때 *부 인사담당 貴中)
女史	일반 부인에게 쓸 때
大兄, 仁兄, 雅兄 貴友, 親友, 學兄	친하고 정다운 친구 사이

座下	마땅히 공경해야 할 어른 (祖父母, 父母, 先輩, 先生)
先生	은사나 사회적으로 이름난 분에게 쓸 때
畵伯	화가를 높여 쓸 때
貴下	상대방을 높여 쓸 때 / 공무상 보낼 때
君, 兄	친한 친구에게 쓸 때
孃	처녀로서 동년배(同年輩) 혹은 아랫사람에게 쓸 때
展, 卽展 卽見, 開見	손아래 사람에게 쓸 때
本家入納, 本第入納	객지에서 본인이 본인 집에 보낼 때
親展, 親披, 直披	남이 읽지 말고 본인만 보라는 것
至急, 大至急	매우 급한 용무를 표시할 때
先生, 案下, 机下	사제 간이나 선생으로 대접할 경우
原稿在中	원고가 안에 있을 때
原書在中	원서가 안에 있을 때

8장

既出問題

1. '他山之石'의 풀이로 올바른 것은?

    ① 타산에 있는 돌

    ② 나와 관계없는 일

    ③ 남의 단점을 나의 참고로 삼음

    ④ 다른 사람의 본받을 수 없는 단점

2. '尸位素餐'의 뜻은?

    ① 높은 지위에 있으면서 검소하게 산다.

    ② 낮은 지위에 있으면서 사치스럽게 산다.

    ③ 변방에 있으면서 흰밥을 먹는다.

    ④ 직책은 다하지 못하면서 관록만 타먹는다.

3. 한번 실패한 사람이 그 실패에 굴하지 않고 힘을 돌이켜 일어나는 것을 의미하는 한자성어는?

    ① 苦盡甘來   ② 捲土重來

    ③ 切磋琢磨   ④ 牽强附會

4. 刻舟求劍의 뜻으로 맞는 것은?

① 진구렁이나 숯불에 빠졌다는 뜻으로 몹시 고생스러움
을 일컫는 말

② 세력을 회복하여 다시 쳐들어옴을 이르는 말

③ 꿈과 같이 헛된 한때의 부귀영화를 일컫는 말

④ 어리석고 미련하여 융통성이 없음을 조롱조로 이르는 말

5. '鹿皮(녹비)'에 '가로 曰(왈)' 자의 뜻으로 맞는 것은?

① 일정한 주견이 없이 이랬다저랬다 한다는 뜻

② 녹비에 써놓은 글자처럼 귀중하다는 뜻

③ 녹비에 써놓은 글자처럼 주장이 오래 간다는 뜻

④ 日자도 되고 曰자도 되는 것처럼 일에 융통성이 있어
야 한다는 뜻

6. 다음 중 옳은 것은?

① 刮目 - 활목   ② 更迭 - 갱질

③ 示唆 - 시준   ④ 未洽 - 미흡

7. '방방곡곡'을 한자로 쓴 것 중 맞는 것은?

① 方方曲曲   ② 坊坊曲曲

③ 方方谷谷   ④ 坊坊谷谷

8. 다음 한자숙어의 뜻에 적합한 것은?

① 靑出於藍 : 제자가 스승보다 나음

② 烏飛梨落 : 불행이 겹쳐서 거듭 생김

③ 他山之石 : 자기와는 상관이 없는 일

④ 刮目相對 : 눈을 부라리고 싸움을 벼르고 있음

9. 다음 밑줄 친 한자의 음을 맞게 읽은 것은?

| 相殺－標識－醜態－刮目 |

① 쇄－식－귀－괄　　② 설－지－추－활

③ 설－지－귀－활　　④ 쇄－지－추－괄

10. '射殺'의 殺과 같지 않은 음은?

① 刺殺　　　　② 黙殺

③ 沒殺　　　　④ 相殺

11. 남에게 살아계신 자기 아버지를 일컫는 말은?

① 春堂　　　　② 家親

③ 先親　　　　④ 春府丈

12. 다음은 남을 높여 부를 때 쓰는 말이다. 틀린 것은?

① 令抱 : 남의 손자　　② 令息 : 남의 아들

③ 令愛 : 남의 딸　　　④ 咸氏 : 남의 아우

13. '논어'에서의 익자(益者) 3友가 아닌 것은?

① 솔직한 벗　　　　② 신실한 벗

③ 박식한 벗　　　　④ 친절한 벗

14. 작은 일에 치중하다가 큰일을 망친다는 뜻을 한자 숙어는?

① 矯角殺牛(교각살우)　② 牽强附會(견강부회)

③ 緣木求魚(연목구어)　④ 寸鐵殺人(촌철살인)

15. 杞憂의 바른 뜻은?

① 사람들의 입에 자주 오르내림

② 기이한 인연으로 만남

③ 건성으로 애매하게 만남

④ 쓸데없는 군걱정

16. 다음 成語의 (　　　) 안에 들어갈 글자는?

守株(　)兎

① 待　　　　② 侍

③ 得　　　　④ 利

17. '朔望'의 옳은 뜻은?

① 초하루와 그믐　　② 한 달 보름 동안

③ 보름부터 그믐까지　④ 초하루와 보름

18. 24절기 중 가을의 마지막 절기는?

① 寒露　　　　② 霜降

③ 白露　　　　④ 秋分

19. 본인이 직접 받아볼 수 있도록 하기 위하여 편지 겉봉에 쓰는 용어는?

① 親展　　　　② 貴中

③ 轉交　　　　④ 本第入納

20. 다음 '熟語'의 뜻이 서로 관계없는 것끼리 연결된 것은?

① 莫上莫下：難兄難弟　　② 吳越同舟：弱肉強食

③ 目不識丁：一字無識　　④ 張三李四：甲男乙女

21. 古稀는 70세를 뜻하는데, 나이가 적은 데서 많은 순으로 적힌 것은?

① 喜壽-米壽-白壽　　② 米壽-白壽-喜壽

③ 白壽-喜壽-米壽　　④ 白壽-米壽-喜壽

22. 다음 중 '姑息之計'의 뜻은?

① 어렵고 힘든 계획

② 실패하기 쉽고 허점이 많은 계획

③ 임시방편으로 처리하여 곤란을 피하려는 생각

④ 원대한 포부와 이상이 담긴 생각

23. 다음 중 틀리게 연결된 것은?

① 30세 : 而立(이립)　　② 40세 : 不惑(불혹)

③ 50세 : 知天命(지천명)　④ 15세 : 從心(종심)

24. "慕"는 어느 부수에서 찾아야 하는가?

① 小　② 目　③ 大　④ 心

25. '좁은 세계관'의 뜻과 관계가 가장 깊은 말은?

① 畵中之餠　　　② 井底之蛙

③ 我田引水　　　④ 狹小之國

26. 다음 중 서로 뜻이 통하지 않는 것은?

① 管鮑之交 - 竹馬故友　② 唯我獨尊 - 井底之蛙

③ 目不識丁 - 目不忍見　④ 丹脣皓齒 - 傾國之色

27. 다음의 글자들은 때에 따라 그 음을 달리하여 쓰이는 경우가 있다. 그러한 글자에 들지 않는 것은?

① 數　② 惡　③ 咽　④ 哀

28. '그 음악을 ㉠ 감상하고 있으면, ㉡ 감상에 젖어 눈물을 흘리기 일쑤였다'에서 ㉠, ㉡의 한자를 순서대로 옳게 적은 것은?

① 鑑賞 - 感想　　② 鑑賞 - 感傷

③ 感賞 - 感傷　　④ 感想 - 感傷

29. '以五十步笑百步'와 비슷한 뜻의 한자말은?
    ① 同苦同樂   ② 大同小異
    ③ 朝三暮四   ④ 四分五裂

30. 다른 3개의 한자숙어와 뜻이 서로 다른 것은?
    ① 莫逆之友   ② 竹馬故友
    ③ 刎頸之友   ④ 斷機之戒

31. '溫故知新'에서의 '溫'과 뜻이 같은 한자는?
    ① 煖   ② 習
    ③ 智   ④ 較

32. 다음 중 한자성어의 속담의 연결이 잘못된 것은?
    ① 牽强附會(견강부회) : 거름지고 장에 간다.
    ② 一石二鳥(일석이조) : 도랑치고 가재 잡기
    ③ 登高自卑(등고자비) : 벼는 익을수록 고개를 숙인다.
    ④ 脣亡齒寒(순망치한) : 입술이 없으면 이가 시리다.

33. 한자성어에 해당하는 속담이 잘못된 것은?
    ① 雪上加霜 : 엎친 데 덮치기
    ② 草綠同色 : 가재는 게 편
    ③ 識字憂患 : 아는 것이 병
    ④ 十匙一飯 : 수염이 석자라도 먹어야 양반

34. '事必歸正'의 뜻과 같은 것은?

① 灌頂之水必流足底　② 鳥久止必待矢

③ 獲山猪失家猪　④ 他人之宴曰梨曰柿

35. 다음 한자숙어 중 친구 사이의 우정을 나타낸 것과 거리가 먼 것은?

① 斷金之交　② 管鮑之交

③ 金蘭之契　④ 十日之菊

36. 평범한 사람을 의미하는 한자말이 아닌 것은?

① 匹夫匹婦　② 甲男乙女

③ 白面書生　④ 張三李四

37. 다음 한자성어의 풀이가 잘못 된 것은?

① 康衢煙月 : 태평한 세월

② 狐假虎威 : 남의 권세에 의지하여 으스댐

③ 興盡悲來 : 즐거움이 다하면 슬픔이 닥쳐 옴

④ 邯鄲之夢 : 실현될 수 없는 헛된 공상

38. 고사성어 풀이 가운데 잘못된 것은?

① 桑田碧海 : 세상일이 허망하여 믿을 곳이 없음

② 赤手空拳 : 아무것도 가진 것이 없음

③ 曲學阿世 : 그릇된 학문을 하여 세상에 아부함

④ 置之度外 : 문제로 삼지 않음, 도외시하여 내버려둠

39. 다음 글의 내용에 알맞은 성어를 고르면?

> 혼자만의 힘으로는 일을 하기 어려움

① 滄海一粟　　　② 群鷄一鶴

③ 孤掌難鳴　　　④ 表裏不同

40. '日新又日新'과 의미가 통하는 한자숙어는?

① 一日三秋　　　② 桑田碧海

③ 刮目相對　　　④ 靑出於藍

41. '濫觴'(남상)과 뜻이 비슷한 말은?

① 暴食　　　　　② 濫食

③ 嚆矢　　　　　④ 太初

42. 다음에서 독음을 바르게 단 것은 어느 것인가?

① 橫暴－횡폭　　② 肛門－홍문

③ 官衙－관오　　④ 囹圄－영어

43. 다음 중 한문서체의 발전과정이 올바르게 된 것은?

① 예서－전서－해서－행서－초서

② 예서－해서－전서－행서－초서

③ 예서－전서－행서－해서－초서

④ 전서－예서－해서－행서－초서

44. 다음 중 에스노센트리즘(Ethnocentrism)과 가장 관계 깊은 한자성어는?

　① 刎頸之交(문경지교)　　② 門庭如市(문정여시)

　③ 物心一如(물심일여)　　④ 民我無間(민아무간)

45. '男兒須讀 五車書'에서 '五車書'와 뜻이 가장 가까운 것은?

　① 螢雪之功　　　② 讀書三昧

　③ 汗牛充棟　　　④ 燈火可親

46. 다음 중에서 뜻이 다른 하나는?

　① 朝三暮四　　　② 朝令暮改

　③ 朝變夕改　　　④ 變化難測

47. 다음 글과 관계가 깊은 한자숙어는?

> 그듸는 管中(관중) 鮑叔(포숙)의 가난흔 젯 사괴요 보디 아니흐는다.

　① 首丘初心　　　② 浩然之氣

　③ 鵬程萬里　　　④ 金蘭之交

48. '윗사람을 농락하여 권세를 마음대로 한다'는 의미의 한자성어는?

　① 賊反荷杖　　　② 坐井觀天

　③ 指鹿爲馬　　　④ 寸鐵殺人

49. '烏飛梨落'이라는 고사성어의 교훈과 통하는 것은?

　　① 農夫餓死 枕厥種子　　② 他人之宴 曰梨曰枾

　　③ 瓜田不納履 李下不整冠　④ 衣以新爲好 人以舊爲好

50. '樹欲靜而風不(　) 子慾養而親不(　)'에서 (　)에 들어갈 말로 짝지어진 것은?

　　① 止-待　　② 往-去

　　③ 淸-察　　④ 雲-朋

51. 다음 중 '虛張(　)勢'의 빈칸을 채울 수 있는 글자는?

　　① 盛　　② 成

　　③ 省　　④ 聲

52. '學而時習之不亦說乎'의 說과 뜻이 같게 쓰인 것은?

　　① 說話　　② 風說

　　③ 說樂　　④ 遊說

53. 다음에서 그 풀이가 잘못된 것은?

　　① 敬而遠之 : 높여서 존경한다.

　　② 誰怨誰咎 : 누구를 원망하고 누구를 탓하랴.

　　③ 似以非 : 외면은 비슷하나 내용은 다르다.

　　④ 百勝之癖 : 제 스스로가 남보다 낫다고 여긴다.

54. 다음 단어의 讀音이 틀린 것은?

① 綱常 - 강상　　② 建築 - 건축

③ 啓發 - 개발　　④ 培養 - 배양

55. '固陋'의 뜻으로 옳은 것은?

① 누추하고 퇴락함　　　　② 예스럽고 우아함

③ 보고들은 것이 좁고 고집이 셈　　④ 침착하고 성실함

56. 고향을 그리워하는 마음을 나타내는 한자성어는?

① 首丘初心　　② 風樹之嘆

③ 望雲之情　　④ 鶴首苦待

57. 을지문덕 장군의 여수장우중문시(與隋將于仲文詩)의 마지막 구절 (　)에 들어갈 말은?

神策究天文	妙算窮地理
戰勝功旣高	(　　　)

① 燈前萬里心　　② 知足願云止

③ 燔灼而喫也　　④ 秋風唯苦吟

58. '難作人間識字人'의 해석으로 올바른 것은?

① 만들기 어려운 인간은 글자 아는 사람이다.

② 다루기 어려운 인간은 글자 아는 사람이다.

③ 인간 세상에 글자 아는 사람은 만나기 어렵다.

④ 인간 세상에 글자 아는 사람 노릇하기 힘들다.

59. "登龍門"이란 말의 고사와 관계가 깊은 것은?

　　① 뱀　　② 잉어　　③ 원숭이　　④ 사슴

60. 다음 중 한자의 독음이 틀린 것은?

　　① 訥辯 - 눌변　　　② 叱責 - 힐책

　　③ 標識 - 표지　　　④ 干涉 - 간섭

61. 다음 숙어의 (　) 안의 한자가 옳은 것끼리 묶인 항목은?

㉠ 風餐(　)宿	㉡ 易如反(　)
㉢ 切齒(　)心	㉣ (　)骨碎身

　　① ㉠ 老 ㉡ 掌 ㉢ 腐 ㉣ 分

　　② ㉠ 露 ㉡ 場 ㉢ 府 ㉣ 粉

　　③ ㉠ 露 ㉡ 掌 ㉢ 腐 ㉣ 粉

　　④ ㉠ 露 ㉡ 場 ㉢ 府 ㉣ 分

62. 九牛(　)毛, (　)蓮托生, 兎營(　)窟, (　)瀉千里 등의 한자숙어의
　　빈 칸에는 모두 숫자가 들어간다. 전부 합하면 얼마인가?

　　① 4　　② 6　　③ 5　　④ 7

63. '회사의 年末 決(㉠) 자금 대책방안을 품의, 社長으로부터
　　決(㉡)를 받았다'의 문장에서 ㉠, ㉡항에 알맞은 한자는?

　　① ㉠ 栽, ㉡ 濟　　② ㉠ 齊, ㉡ 栽

　　③ ㉠ 濟, ㉡ 栽　　④ ㉠ 栽, ㉡ 齊

64. 다음 글은 누구를 설명한 것인가?

> 民天下之廣居, 立天下之正位, 行天下之大道
> 得志興民由之, 不得志, 獨行其道
> 富貴不能淫, 貧賤不能移, 威武不能屈 (<孟子>, 등문공)

① 大丈夫　　　② 道人

③ 君子　　　　④ 無上

65. '弄瓦之慶'의 뜻은?

① 매우 재미나는 농담

② 딸을 낳은 경사스러움

③ 아들을 낳은 경사스러움

④ 칭찬할 때의 즐거움

66. '君子 去人이면, 惡乎成名이리요.'에서 밑줄 친 '惡'은 이
문장 속에서 어느 글자와 뜻이 같은가?

① 河　　　　　　　　② 好

③ 汚　　　　　　　　④ 何

67. 다음 내용과 관련 있는 고사성어는?

> 사람들은 남의 말을 제대로 듣지도 않고 임의로 판단하여
> 자기에게 유리하게 말한다.

① 我田引水　　　② 緣木求魚

③ 他山之石　　　④ 語不成說

68. 다음 빈 칸에 알맞은 한자는?

| 目不( )見, 無爲( )食, 夫唱婦( ), 阿鼻叫( ) |

① 引, 盜, 守, 患   ② 忍, 徒, 隨, 喚

③ 認, 圖, 遂, 歡   ④ 人, 盜, 隨, 煥

정 답

1	③	24	④	47	④		
2	④	25	②	48	③		
3	②	26	③	49	③		
4	④	27	④	50	①		
5	①	28	②	51	④		
6	④	29	②	52	③		
7	②	30	④	53	①		
8	①	31	②	54	③		
9	④	32	①	55	③		
10	④	33	④	56	①		
11	②	34	①	57	②		
12	④	35	④	58	④		
13	④	36	③	59	②		
14	①	37	④	60	②		
15	④	38	①	61	③		
16	①	39	③	62	②		
17	④	40	③	63	③		
18	②	41	③	64	①		
19	①	42	④	65	②		
20	②	43	④	66	④		
21	①	44	④	67	①		
22	③	45	③	68	②		
23	④	46	①				

최예열

대전대학교 국어국문학과 졸업 및 문학박사

국어국문학회, 한국문학이론과 비평학회, 한국서사학회,
한국언어문학회, 한국현대소설학회 회원

현) 대전대학교 교양학부대학 국어교육실 교수

『한국전후소설연구』(2005)
『1950년대 전후소설의 응전의식』(2005)
『1950년대 전후문학비평자료집』(전 2권, 2005)
『글쓰기와 읽기』(공저, 2006)
『발표와 토론』(공저, 2006)
『한국 근·현대 비평논쟁자료집』(2007)
『대학생이 꼭 알아야 할 실용한자』(2008)

취업기초 漢字

기초가 튼튼한 나무는
바람에 흔들리지 않는다

초 판 인 쇄 | 2012년 3월 1일
초 판 발 행 | 2012년 3월 1일

지 은 이 | 최예열
펴 낸 이 | 채종준
펴 낸 곳 | 한국학술정보㈜
주 소 | 경기도 파주시 문발동 파주출판문화정보산업단지 513-5
전 화 | 031) 908-3181(대표)
팩 스 | 031) 908-3189
홈 페 이 지 | http://ebook.kstudy.com
E - m a i l | 출판사업부 publish@kstudy.com
등 록 | 제일산-115호(2000. 6. 19)

ISBN   978-89-268-2865-6 03810 (Paper Book)
        978-89-268-2866-3 08810 (e-Book)

 는 한국학술정보 (주)의 지식실용서 브랜드입니다.